# 路在前方

## 『90后』律师助理成长手记

律师助理入门手册 『90后』法科学子求职指南

行走在法律中，不曾退缩；传递正能量，追梦之路不孤单

邹旴旸 著

暨南大学出版社
JINAN UNIVERSITY PRESS
中国·广州

**图书在版编目（CIP）数据**

路在前方："90后"律师助理成长手记/邹旴旸著. —广州：暨南大学出版社，2013.5
ISBN 978-7-5668-0494-5

Ⅰ.①路…　Ⅱ.①邹…　Ⅲ.①散文集—中国—当代　Ⅳ.①I267

中国版本图书馆CIP数据核字(2013)第029051号

**出版发行：暨南大学出版社**

---

**地　址：**中国广州暨南大学
**电　话：**总编室（8620）85221601
营销部（8620）85225284　85228291　85228292（邮购）
**传　真：**（8620）85221583（办公室）　85223774（营销部）
**邮　编：**510630
**网　址：**http://www.jnupress.com　http://press.jnu.edu.cn

---

**排　版：**广州市天河星辰文化发展部照排中心
**印　刷：**佛山市浩文彩色印刷有限公司

---

**开　本：**787mm×960mm　1/16
**印　张：**14
**字　数：**198千
**版　次：**2013年5月第1版
**印　次：**2013年5月第1次

---

**定　价：**29.90元

---

**（暨大版图书如有印装质量问题，请与出版社总编室联系调换）**

# 序一

## 梦在心中，路在脚下

广东省律师协会副会长、广州金鹏律师事务所主任　王波

时光荏苒，弹指一挥间，金鹏已经二十岁了。值此全所共庆之际，我们金鹏律师事务所的律师助理邹盱旸写出了一本二十多万字的《路在前方——“90后”律师助理成长手记》，并邀请我作序，我由衷地感到喜悦。

盱旸作为一名毕业即投入律师行业的本科生，能够结合自己从律师助理走向执业律师道路上的所见、所闻以及工作中的点点滴滴，写出自己真实的心路历程和想法，并借此传递职场正能量，给广大的法科毕业生、律师助理和执业律师一些帮助和指引，是难能可贵的。

我的爱人在暨南大学法学院任教，之前曾听她提起有一位同学非常热爱律师行业，并把律师作为自己唯一的、终身追求和奋斗的职业，我心中欣慰不已，这与当下法科学子追逐“公务员热”形成了鲜明的对比。也因机缘巧合，盱旸大四实习之际，来到金鹏律师事务所跟随一位高级合伙人学习，并积极和我交流，我才认识他。他在毕业后最终选择加入金鹏律师事务所做律师助理，也算是我们的缘分。

盱旸在金鹏律师事务所工作以来，不仅做好了指导律师交给他的案件，培养和锻炼了自己的执业技巧，在业余时间还积极写作，除了《路在前方——“90后”律师助理成长手记》一书之外，经常看到他的文

章发表在《广东律师》、《侨时代》等杂志上。这个年轻人还有着独到的观点，时常就本所的发展积极提出建议，他的梦想、激情、乐观、阳光更是影响了金鹏律师事务所众多的律师助理，坚定了他们对律师行业的信心，调动了他们对工作的热情。我为金鹏律师事务所有如此优秀的律师助理而感到自豪。

我在担任广州市律师协会会长和广东省律师协会副会长期间，均分管青年律师工作委员会的工作，我深刻感受到，青年律师、实习律师、律师助理是律师行业的希望。正如梁启超先生所说“少年智则国智，少年强则国强，少年进步则国进步”，将青年律师培养成为政治合格、业务精通、技能娴熟、服务规范的律师，是律师行业的重要课题。我认为，要想成为优秀的青年律师，应做到以下几点：

第一，要有坚定的信仰。依法治国是振兴民族的必由之路，是实现中国梦的重要保障。作为律师界的老兵，我看到的现实是很多人信仰缺失、理想缺失。从事律师这一艰辛行业，青年律师必须有信仰，才能时刻保持一种胸怀、一种朝气、一种理想，在任何困难和挫折面前无所畏惧，坚忍不拔；没有坚定的信仰，则很难坚持下去。

第二，要有强烈的责任感。一是职业责任，即以诚信为本，全身心为客户服务，维护当事人合法权益；二是社会责任，律师业不同于其他服务业，我们必须维护社会的公平和正义，维护法律的正确实施，让民众在个案中感受公平正义。青年律师今后应多做法律援助，带着理想与责任，为弱势群体服务，为中国法制的大厦添砖加瓦，这也是做律师的精神满足。

责任感不仅是一种品格，更是一种能力，责任感强的人往往能够弥补能力的不足。青年律师要靠勤勉尽责来弥补自己专业的不足，引起资深律师的关注，争取更多的机会，从而打开市场。

第三，要有专业和开创精神。作为青年律师，应做好本职工作，认真写好每一份法律文书，做好每一件小事，办理好每一个案件，不断学习和钻研业务，提高自己的专业技能。

作为青年律师，还应具备开创精神，不要害怕失败，要勇于尝试和挑战。保持思考的习惯，多想多做，为行业多奉献自我。

第四，要有合作能力。青年律师的通病在于往往只看到别人的缺点，自以为是，一有问题就挑客户、律师事务所、同行的毛病，而不反思自己是谁、究竟应该干什么，这就是不缺乏知识但缺乏常识的表现。

青年律师应该明白：贬低同行并不能给自己带来任何好处，贬低公、检、法等机关的同时亦贬低了自己的行业。在当今时代，单打独斗已经干不成大事，尊重他人才有合作的空间，包括与同行、客户等的合作，这亦是青年律师必须掌握的能力。

第五，要有沟通能力。美国法学家霍姆斯曾说：“法律的生命不在于逻辑，而在于经验。”作为律师，应多与不同层次的人沟通交流，锻炼和掌握良好的沟通能力，赢得法官的信任、同行的尊敬和当事人的认可，赢得广阔的空间。

我从事律师行业已近二十五个春秋，从这名刚毕业不久的“90后”身上，我看到了律师行业的未来和希望。在此，寄语行业的未来之星邹盱旸：作为青年律师，应该乐于奉献，舍得吃亏。吃亏是福，不要一味讲待遇，吃一分亏将来就多一分回报。作为金鹏人，不仅要敢为人先，更要勇立潮头！既然选择了远方，又何惧风雨兼程！

期待盱旸今后能够继续保持这份激情和热情，崇法求真，脚踏实地，在律师的道路上越走越好！

2012年12月

# 序二

## 志存高远，务实创新

广州市律师协会副会长、全国优秀律师　庄伟燕

认识旴旸，是2011 年的时候。他在金鹏律师事务所实习，因亚美律师的推荐而认识我，还给我写过一封长信谈他的梦想和规划，这让我印象非常深刻，并感受到这个年轻人有理想、有抱负，对律师行业有着执着的追求。

上个月旴旸告诉我《路在前方——“90 后”律师助理成长手记》一书即将出版，我恭喜他并欣然为他的书作序。《路在前方——“90 后”律师助理成长手记》这本书传递了一种正能量，年轻人要志存高远，拥有激情和梦想，有着不怕输的精神，才能勇于在道路上绽放自己的青春和理想；这本书较为全面地为象牙塔中的法科学子们展示了律师助理的生存状况、工作内容等，可以为正在律师行业中成长的律师助理们提供一些经验参考和指引，相信会引起即将独立执业的实习律师、年轻律师的内心共鸣。

年轻人不能没有理想，法律人不能没有信仰，有着理想和信仰的年轻人才能坚定不移地在这个行业走下去。而在律师这个行业，从长期发展而言，又不仅仅需要志存高远，还需要务实创新。作为一名执业二十余年的过来人，我认为年轻律师要务实创新，必须做好以下几方面：

（1）坚持学习。学习不仅包括专业技能的学习，即在处理诉讼案

件与非诉讼业务方面积累经验，培养独立应对和处理案件的能力，锻炼写作法律文书、修改合同等方面的基本功；还包括专业之外的学习，年轻人在周末有空时不应只是对着电脑玩游戏，而应往购书中心多跑跑，买一些各行各业的优秀书籍，将自己培养成一个有着“百科全书式”头脑的人。作为律师，要跳出律师看律师，跳出行业看行业。

（2）坚持写作。写作包括对生活的总结，如写写日记，总结生活经验和教训，也是一个自我积累和成长的过程；还包括对工作的总结，记录和总结自己协助办理的案件，培养分析和概括案件的能力；此外，也可以针对社会热点问题发表自己的看法，写作的过程中需要针对个案研究专业理论，这也是一种学习的方式。

律师这一行业，走学者型和专业型的道路都是比较困难的。年轻人应在助理阶段树立专业的意识，高度关注时政热点、法律案例，多写作，不断在国内核心刊物上发表有关论文，为树立自己的品牌和打造自己的影响力做准备。

（3）坚持沟通。在律师助理阶段就应思考：独立执业之后案源何来？案源来自于过硬的专业技能、高度的责任心和良好的沟通能力。这就要求年轻人在律师助理阶段就学会如何和客户沟通交流。

跟随自己的师傅，会接触各种人及各种案件，可以经常和不同性格、不同层次、不同身份的人打交道，沟通能力是作为律师必备的能力之一，需要长期的锻炼和培养。律师助理应留意自己的师傅是怎样和当事人沟通的，也许每句话、每个表情、每个动作都有深意。

（4）抓住机遇。掌握办理案件的具体能力、和客户的沟通能力、文书的写作能力以及开拓案源的能力，需要脚踏实地，办好每一个案件，做好每一件小事，并及时总结。务实、勤奋、谦卑都是年轻人应时刻谨记的。

而之所以说要抓住机遇，就是要创新。律师行业是一个“市场无限大、前景无限好”的行业。因此，年轻的律师如能厚积薄发，准备好一切，当机会来临之际，勇于迈出步伐，定能在律师行业一展身手，实现自己的人生价值。

盱旸经常会和我沟通，向我反映他的近况，和我分享他工作中的成长和喜悦。我感觉这个年轻人在成长的过程中走得很踏实，他是一个生活和工作的有心人。我没有太多时间去看他写的博文，但我知道他会详细分解每一个阶段的规划，定时总结自己的收获，并调整今后的工作。有清晰的职业规划和准确的人生定位，这对于现时的年轻人而言，是非常难得的。

盱旸作为行业新人，结合自己在律师事务所从事法律实务的亲身经历，写出了一本较为全面地反映律师助理生存状况和发展前景的书，他尚在律师助理阶段便有此佳绩，实属不易！

希望盱旸今后戒骄戒躁，厚积薄发，相信经过努力，他将成为一名对行业有用、对社会有用的法律之才！

2013 年 1 月

# 序三

## 新生力量，坚守梦想

暨南大学法学院副教授、硕士研究生导师　戴霞

不久前，收到盱旸微博私信，希望我给他即将出版的书作序。这着实让我吃了一惊，这孩子本科毕业还不到半年就要出书了呀！我好奇地问他是什么方面的书，他说主要针对高校法学院学生和律师助理，从一名“90后”律师助理在律师事务所从事法律实务的亲身经历出发，记录心路历程和工作点滴。我祝贺他并欣然答应了。

在暨南大学法学院任教已有近20年，近些年指导的“80后”、“90后”学生们大都会遇到类似的问题：大学毕业，该不该去做律师？如何去做一名律师？律师仅是法科学子择业的最后选择吗？许多同学不敢毕业就马上从事律师职业。这本书非常实用，今后我可以向有志于从事律师行业的同学们推荐这本书了。

认识盱旸，是因为在他本科大三时给他上了《国际私法》的第一堂课，课后他发邮件给我，表示对当时正向全国征求意见的《涉外民事关系法律适用法》很感兴趣，也表达了个人观点和发表了个人意见。我发现他有自己的独立思考，对法律事件相当敏感，非常喜爱法律专业。

他大学成绩优异，还修读了金融学的双学位。他对自己的目标有清醒的认识，并朝着自己的方向努力。大四时，他顺利、轻松、高分通过全国统一司法考试。当许多同学都还在学校学习、复习考研或准备出国

时，他已在律师事务所实习，当起了律师助理，跟随知名律师办理案件，并经常对自己承办的案件进行分析、总结，发表自己的观点。

看得出，他深爱着律师这个职业，实践着自己的梦想。虽然许多同学当初报考法学院时，梦想着将来当一名律师，可是到毕业讨论如何择业时，大多数同学却认为应先考公务员、当检察官或法官，把律师当作最后一个不得已的选择，他对这种观点表示了明确的反对，并义无反顾地干上了律师这个行业。

对于初出茅庐从事律师行业的学生来说，由于没有案源、人脉和经验，加上律师事务所和律师的良莠不齐及近年来一些不良风气对律师业的侵蚀，他们要想在此行业有较好的发展，确实面临着巨大的风险和挑战。他们必须对该行业有正确的认识、充分的准备、良好的心态和必备的技能，而这些是在学校的课堂上学不到的。旴旸的这本书，则从自己的亲身经历，记录下律师助理的成长点滴，有经验、有教训，是奉献给法科学子们的宝贵财富。

我不赞同人们提起“90后”时脑海里浮现的“叛逆”、“非主流”、“脑残”等贬义词。从近年来我与“90后”打交道的情况来看，我认为他们知识面广、自主性强、乐观向上。从他们身上，我学习到了许多东西。历史会赋予他们新的责任，我相信他们一定会超越我们。

在未来的发展道路上，旴旸一定还会遇到各种各样的困难，我想对他说要谦虚谨慎，无论如何要坚持自己的梦想，坚守良心和底线；无论遇到什么困难，都有老师们在支持他。

旴旸，加油！祝你在律师道路上越走越好！

**2013年1月19日于暨南园**

# 前辈寄语

**张亚美（广州金鹏律师事务所高级合伙人）：**年轻的律师助理在跟随老律师的过程中，首先要提高自己的境界，然后要明白自己作为律师助理的职责，找到自己未来的发展方向，并拿出切实可行的操作方案，这样才有可能成为优秀的律师。

**文震殊（广州市律师协会副会长，广东正大联合律师事务所主任）：**中国在民主与法制进程中，需要弃浮躁、求扎实，律师界青年才俊须加倍努力。薪火相传，心手相牵，厚积薄发，终将有所成！

**蔡海宁（广东经纶律师事务所主任、中华全国律协信息网络与高新技术专业委员会副主任）：**盱旸的这本书，真实地表现了这一批未来律师的生存状态，相对于在路上的律师，他们有更多的犹豫、徘徊、迷惑，同样有更多的选择权，一旦确定了前方的路，将会走得更坚决、更执着、更有成就。我们有幸生长在一个大时代，期待在“90后”身上实现中国律师的法治梦想。道路前面是道路，前行吧！

**陈满平（广东启源律师事务所副主任）：**邹盱旸律师，今日雏音初鸣，明日声震长空；今日律师赤子，明日法坛巨匠！

**段建国（《中国式律师营销》、《大律师法庭攻守之道》等书作者）：**孔子曰：“学而不思则罔，思而不学则殆。”新秀邹盱旸谋职于全国优秀律师事务所，师从名师张亚美，尤其能学中干、干中思，甚为可贵，相信《路在前方——“90后”律师助理成长手记》会给青年律师以启迪。

**黄添顺（广东岭南律师事务所主任）：**谋食不易，谋道更难！行业的希望，恰在于有一代又一代的人，不断思考并努力尝试去改变先前的命运。当一个年轻人在谋食的同时，已经开始学会谋道，我们完全有理由对行业的未来充满信心及期待！面前这本书，是盱旸谋道的尝试，其展示的已经不仅仅是一个年轻法律人的从业经验和心路，同时也让我们看到了律师业发展的大道及希望！

**雷建威（全国优秀律师、广东诺臣律师事务所主任）：**青年律师是律师行业的未来！愿精英们把握时代脉搏，不断探索创新，勤勉，进取，团结，笃行，努力成长为可堪大用、能负重任的行业栋梁，在推动法治中国的征途上实现自己的人生价值！

**刘继承（广东胜伦律师事务所副主任）：**从律师助理成长为执业律师，是一段比较难熬的过程。要有志向，但不要患得患失；要有激情，但不要行事偏激。盱旸是律师助理中的佼佼者！

**詹礼愿（全国优秀律师、广东博厚律师事务所主任）：**每一个步入律师业的成员都有一个成功梦想，不管他是追求高尚的法治理想，还是庸俗的人生辉煌，都有其追求价值。有梦的人生充满希冀，圆梦的人生风光旖旎。而所有的职业之路无不充满坎坷崎岖，梦想好似天际那若隐若现的寒星，给人希望，却也让人茫然；人生虽短，但奋斗的艰辛与孤寂分外绵长。无论多么艰难，无论多么寂寞，只要我们坚守梦想，不改初衷，执着追求，我们每天都会离成功更近一点。盱旸是我认识的把执业感受和经历成文付梓的最年轻的律师，文中历述其从业做律师助理以来的心路历程及成长体会，令人感佩。

# 前言

## 我心中的律师梦

我对律师行业的痴迷，起步很早。

在宜春中学读高中的时候，我便对政治和历史非常感兴趣，喜欢关注国家大事、民情民生及社会热点问题，并在业余时间写一些文章。那个时候，我在历史书中找到了我的偶像——在举世闻名的“东京审判”中担任首席审判官的梅汝璈先生，并立志要成为一名像他一样的大律师。

高考后，我进入暨南大学法学院。接到录取通知书的那天，我知道自己向着梦想的道路上迈出了坚实的一步。大学里，我阅读了很多律师方面的书籍：国外大律师的传记、国内学者及律师的著作、法科学子职业指引、小说等等。其中，《拿什么拯救你，我的爱人》这本书让我感触颇深，律师在情义和真理之间的抉择、律师如何发挥自我作用在这本书中被刻画得入木三分，这本书让我更加下定决心要做一名真正维护当事人合法权益的律师。

实用主义法学创始人霍姆斯曾说：“法律的生命不是逻辑，而是经验。”大三的时候看过市场上一大批的职业入门书、教科书、职业指南等书籍，写着如何从一个小律师起步，慢慢做大，如何开拓案源、扩展业务，诸如此类。我亦希望通过自己的亲身经历，不断总结和分析，进而提升自我。因此，从2011年9月在律师事务所实习开始，我就着手准备这本书，并将一些内容发表在我的新浪博客上，发现有很多的律师助理给我留言，希望我继续写下去。

我想写写有关律师助理的事情。我是一名“90后”律师助理，写这些东西，并不是单纯想谈自己的经验或者发表任何惊人的言论，而是分享自己真实的心路历程。也许文字是苍白的，不能表达的东西太多太多，但我会尽力将我的所见所闻、所知所感阐述出来。我写的也许算不上是什么宝贵的经验，只是最简单的心得，但它们是真诚的，因为都是我的亲身经历以及真实的想法，丝毫不加修饰和隐瞒。

在我的母校出版社——暨南大学出版社李战副社长的鼓励下，我决定汇总过去写的一些文章，结合近期的感悟，出版这本书。

在本书中我将分篇阐述我为何选择律师这一职业、如何成为律师助理、律师助理做的是哪些工作、在工作过程中的一些心态、工作中应具备的能力、我是怎样做自己的职业规划的等内容。我不能说我是一名成功者，但我有自己的成就感和存在感，并且对这个行业有所体会，这让我有勇气和信心写这样的文章。

写这本书基于三个目的：第一，自己是从应届毕业生直接做律师助理的，在工作前、工作中有许多的困惑和不解，而律师这一行业，很多话不能说，很多律师没时间说。我希望在本书中及时总结，让后来者遇上类似问题时能有所参考。第二，这本书中记载的，都是我的真实实践经历和心路历程，有成功之后得出的经验，也有惨痛失败得来的教训，可以为后来者提供些许参考，省走一些冤枉路。也许，我提供不了经验之谈和茫茫案例，说的亦可能是自己不大成熟的甚至有错误的观点，但我认为这至少源自真实。第三，在律师行业中成长的律师助理们，经常会迷茫，或遇到挫折，希望本书能够传递正能量，鼓励大家共同成长、共同进步、共同实现梦想！

2012年感恩节的夜晚，我坐在电脑前，一个字一个字地敲下了这篇前言。

漫漫“律”途，我仍然在不断探索，在摸着石头过河。成为一名优秀的律师就是我的梦，它已成为我生命的一部分，在这期间我遭遇了一些挫折，但我没有灰心，没有丧气；它亦让我获得喜悦和满足，我再也无法离开它。我一直都告诉自己，在这条没有鲜花和掌声的，甚至可谓艰难的法律道路上，不管未来有多少波折，既然选择了，纵使面对再多的风雨，也要勇敢、坚定地走下去。

所有怀着律师梦想的人，路在前方，路在脚下，只要不断努力，一定能够让自己的人生绽放光芒！

**邹盱旸**

**2012 年 12 月**

# 目录 CONTENTS

# 第一章 职业准备篇

# 律师是个怎样的职业

2011 年 4 月，我所在的广州金鹏律师事务所承接了广州大学广州律师学院的一个调研课题——“律师业发展现状与趋势预测：以广州地区法律服务业的调研为基础”，历经一年半的理论研究与实践调查，在走访律师事务所、访谈律师、综合分析数据的基础上，形成了一份对广州律师行业现状及未来趋势的调查报告，我是主笔人之一。现从这份调查报告中摘录十组数据，供大家参考。

第一，从选择律师职业的动机来看，有 33% 的律师选择律师行业是出于对律师行业的喜爱，25% 的律师选择律师行业是因为专业对口，24% 的律师是因为律师行业具有挑战性。非法学专业背景的律师选择律师行业主要出于个人对律师职业的喜欢以及认为律师是有挑战性的职业。

第二，从律师事务所的规模和类型来看，广州的律师事务所以中小型为主，执业律师在 100 人以上的不足一成，九成律师事务所的性质为合伙所。从律师个人收入来看，六成以上的律师近三年的年平均收入在 10 万元以下，三成律师近三年的年平均收入介于 10 万元至 30 万元之间，年平均收入在 50 万元或以上的律师只占 2%。大多数律师近三年收入处于中等水平，收入与支出基本持平。

第三，从律师选择律师事务所的考虑因素来看，律师首要看重的条件是律师事务所的文化建设、品牌等，其次是薪酬收入水平，此外还有专业影响力、管理等，以及是否有良好的团队合作氛围，能否提供大量实践机会。42.9% 的执业年限为 10 ~ 20 年的律师选择律师事务所首要看重的是律师事务所的文化建设、品牌、专业影响力、管理等；14.3%的执业年限为10~20年的律师选择律师事务所首要看重的是有无明确合理的晋升机制。大部分律师倾向于在中型规模的律师事务所执业，这些律师事务所加强专业分工、团队协作及品牌建设，采用基本工资加提成的薪资模式。

第四，从执业经历来看，六成律师工作过的律师事务所在两家或以上，广州律师平均工作过的律师事务所间数为两家。律师行业存在一定的区域流动性，两成的律师是从广东省外或广东省的其他市转入广州执业。从担任社会职务来看，大部分律师都没有担任社会职务，有担任社会职务的律师主要担任的是社会团体职务。

第五，从律师的业务来看，多数律师以综合性业务为主，极少存在有组织的团队分工和合作。41%的律师主要从事诉讼业务，13%的律师主要从事非诉讼业务，46%的律师则什么都做。六成律师有法律服务的专业方向，四成律师没有法律服务的专业方向。

第六，从广州律师的身体状况、心理状况方面来看，六成以上的律师表示偶尔有疲劳感，两成律师表示工作强度大，很疲劳，而近一半律师身体处于亚健康状态。

第七，从继续从事律师职业的信心来看，四成律师对于继续从事律师职业表示很有信心，接近五成的律师表示信心一般，只有一成左右的律师表示没有信心或者顺其发展。

第八，从律师发展的执业环境来看，大部分律师认为主要问题是依法行政和司法公正有待进一步加强、执业权利有待进一步保障。除了竞争激烈、压力大外，社会对律师的认同不高这个问题也不容忽视。此外，同行之间的不正当竞争还比较严重。

第九，从个人职业规划方面来看，四成的律师希望在3~5年内成为一定专业领域内的知名律师，而有三成半的律师表示还没有打算，走一步看一步。从个人法律服务专业选择来看，62%的律师愿意选择的主要专业方向是民商事案件，23%的律师则选择非诉讼和涉外领域。

第十，从当前急需加强的技能来看，三成律师认为当前急需加强的技能是广交朋友、积累社会关系和资源，其次是积累办理业务的实践经验和提高与客户、职能部门交往沟通的技巧，分别占两成。

不知以上十组数据能否让你对律师行业有初步的了解？如果想做律师，在进入律师行业之前，我们要了解清楚：律师到底是个怎样的职业？

一提及律师，很多人脑海中首先会想到的就是西装革履、风度翩翩，跷着二郎腿坐在高级写字楼的皮沙发上，端着咖啡优雅地审合同、写文件的人。律师之所以给人这样的印象，和律师的盈利模式有直接的关系。客户是律师的衣食父母，律师只有在整体感觉上给人以信任感，才有人愿意委托律师办理案件。

在律师界盛行这样一句话：同样一个案子，律师开着大众去会见当事人和开着宝马去会见当事人，所收得的律师费是不同的。这都说明了一个道理：律师需要以光鲜亮丽的外表示众，让客户相信他的成功。其实，这样的形象具有较大的欺骗性，人们往往只看到这个行业的辉煌，背后的辛酸鲜有人知。

“透过现象看本质”，在进入律师行业之前，我们要对这个行业有个较为深入的了解——律师到底是个怎样的职业？要看看自己是否适合这个行业，并做好一切心理准备。

实际上，律师并没有人们想象中那样辉煌。如果把从事律师职业作为追求高收入、少干活的目标，只会步入执业的误区。这个行业有着自己的“二八定律”，有很多律师确实收入高，但也有很多在温饱线徘徊的律师；能开着车四处逛，天天打高尔夫，不用担心生计愁案源的律师毕竟是少数，大部分律师天天对着电脑不停地写文书、审合同，在一线兢兢业业努力办理案件。在律师事务所，一个4平方米的办公桌就是律师的全部了，律师要自己配电脑、文具等物资，还要承担电话费、打印等所有办公开支。设身处地想想，这个时候一分一毫都显得非常珍贵了。

所有的事情都必须自己解决，便意味着有很多麻烦。拿吃饭这个最简单而又最必需的事情为例，不要以为律师就是天天跑西餐厅或高级饭馆吃大餐，不想埋单还可以叫当事人过来请客，这不现实。律师事务所一般是不包三餐的，也很少有律师事务所会设食堂，这就意味着如果去律师事务所上班，必须天天叫外卖。如果恰巧律师事务所地处繁华市区，一天两顿饭的花销已不少，而且外卖周周吃、天天吃、顿顿吃不知道有多少人能够忍受。当然，还有一个方案，可以从家里带饭来律师事务所，事实上有些律师也是这么做的，但前提是其在广州有固定的居所。

所以，律师亦是一份普通的职业，有人说是高级白领，也有人说是打着领带穿着西装的农民工。进入律师行业之后，很多校友都问我律师是个怎样的职业，问我做律师助理的感受。大家可以看看《中华人民共和国律师法》第二条的规定："律师是依法取得律师执业证书，接受委托或者指定，为当事人提供法律服务的执业人员。"律师不是公务员，也不是商人，是同医师、会计师一样以专业技能为社会提供服务的人。我的感受是：如果希望快速赚钱、希望每日能够在安逸的环境中过朝九晚五的生活，最好不要考虑这个行业。这是很实际的话，关于赚钱的事我在后文会有详尽说明，在此不赘述。

不仅如此，律师其实还是一个非常忙碌的职业。为何？因为是为自己而战。进企业或考上公务员拿固定工资渐渐可能会产生惰性，而一旦选择律师行业，就意味着为自己而战。在传统的律师事务所，没有人会发工资给你（如果在公司制的律师事务所做律师，则不用过于考虑生计问题，不过只能拿到有限的工资），现实的压力会逼迫你不得不干，你所做的每一个案子都是为自己赚钱。这也意味着创收是无上限的，在这样的动力驱使之下，律师都会信奉"行动创造未来"这句话。只要自己肯干、能干，赚的都是自己的。反之，偷懒倦怠，就只能坐吃山空，最后惨淡收场，退出律坛。

其实任何职业都有自身的优势和弊端，任何工作在初始阶段也都是让人无所适从的，律师业也不例外。有句话说“每一年有十个进入律师行业的人，就有八个会退出”，律师职业的起步确实很难，有句话非常贴切：“起得比鸡早，吃得比猪差，干得比牛多，睡得比狗晚。”

但只要坚持下去，做那十个人里面的最后一个人，那么你的生活会与众不同。这个行业有不少资深律师，做律师很多年，身价上千万，开着名车，有数处房产，只接有影响力的大案要案，并有最低的收费标准。他们有着数十家常年法律顾问单位，每次出差都由顾问单位提供处级以上待遇，整天出入高档场所，走到哪里都有人接待，往来于各大城市，在饭桌上谈生意、拉关系。如果向往这样的生活，那么，顶住压力，努力工作，在律师行业默默耕耘，终有一天你也会成为这样的人！但，这样的人生是否是一个人应终极追求的人生？

除去物质财富方面，律师业还是一个非常自由的职业。自由和忙碌并不矛盾，自由是说能自由支配时间，让生活不至于太单调；能自由安排工作，做自己的老板；能掌握自己的命运，一切为自己而干。正如Beyond《海阔天空》中那一句——“原谅我这一生不羁放纵爱自由”，毕竟，自由无价。

律师亦是一个能和各行各业打交道的职业，能接触和认识到不同的人，能运用自己的专业知识为他人提供服务和解决问题。如果你是一个喜欢挑战自我并充满激情的人，那么，坚定地选择这个行业吧！

**我的感悟和大家分享：**

选择一个职业之前，需要全方位审视这个职业的优缺点，既领略它的风光八面，又要看到它的狼狈不堪。在此前提下，再三度量，作出的选择方能让自己为之而奋斗终生。

# 怎样的人适合做律师

我从大四便开始在律师事务所实习（这里指毕业实习），后来正式加入广州金鹏律师事务所做律师助理。在这期间，与我一起实习的同学以及后来零零星星进来的律师助理，最终大多黯然退出，深感律师是对人才筛选条件十分讲究，甚至可以说极其严苛的职业。应届毕业生在进入律师行业之前，要好好考虑清楚：怎样的人适合做律师？这些素质自己是否具备？这个行业是否真的适合自己发展？自己能承受多大的机会成本？自己能做什么，想得到什么？这样，才有利于自己的职业规划和工作的开展。

怎样的人适合做律师？有人说，“律师是一个复合型的天才，他要和业务员一样懂得销售，和立法专家一样精通法律，和政治家一样深谙权谋，和谈判专家一样善于斡旋，和企业家一样精打细算……”我认为做律师虽然没有这么高的要求，但起码得具备以下几点：

第一，细心、恒心和自信心。做律师，光有一颗热血沸腾的心不够，兴奋维持不了多长的时间。一开始大家都是怀着一颗热血沸腾的心来到这个行业，而当真正接触这个行业，了解行业背后更真实的东西以及社会的真实现状，往往就会退缩。做律师没有捷径可走，需要的是细心、恒心和自信心，只有脚踏实地，把每一件小事做好，才能有更长远的发展可言；律师业亦是个艰辛曲折、竞争非常激烈、压力很大的行业，每年进来十个人，就得出去八个，没有坚忍不拔的意志，则无法通过无情的淘汰和激烈的竞争；更需要自信心，即使目前做律师助理感觉到艰难和失败，也得告诉自己你是最棒的，持续地激励自我。

我认识一个律师助理，他非常有自信，属于打不死的“小强”。面试了广州很多家律师事务所，找了很久工作都没有找到，依然自信满满，对未来充满希望。我欣赏这种人，从他身上我看到了一种对生活、对工作的乐观和自信，尽管目前阶段是困难的，但永远都对自己有信心。这种态度是值得肯定的，如果连自己都不信任自己了，别人怎么会信你呢?

第二，能全身心投入工作。一个人的精力有限，想做律师就意味着我们要全身心投入工作之中。在上班时间做其他事情，如上 QQ 聊私事、上网页刷刷微博或儿女情长发短信，可想而知，这样的人做事情效率能有多高，工作能做得有多好；还有些人一临近下班时间便归心似箭，要与家人共进晚餐、共享天伦之乐，只顾着盯着时间看，恨不得准点离开，这样的人对家庭很负责，对事业却过于缺乏激情和投入。我的建议是这样的人最好不要进入律师行业，优秀的律师需要二十四小时都保持在工作状态，一有事情做就兴奋。

在未进入律师行业前，可能每一个人都认为自己对待工作能够做到专心致志。大家可以做一个简单的测试，挑选一天的时间模拟工作，看自己能否保持八小时都心无旁骛地做一件事。如果能够做到，则具备从事这个行业的条件之一。

第三，能坚持学习，有每天看书、写东西的习惯。相信大多数人都听过这句话——“活到老，学到老”，但真正能做到这一点的人少之又少。能够坚持每天看书、每天学习、每天进步一点的人可谓凤毛麟角。如果在求职简历上写上自己最大的爱好是每天看看书、写点东西，为自己补充点能量，定会为自己加分不少。

第四，做好吃苦准备。律师业是一个艰辛的行业，如果抱着朝九晚五、打卡上下班的心态，建议进企业做法务或者其他。律师业不存在“加班”这一说法，因为一切都是为自己而干，你随时可以放假，随时可以不工作，前提是你得有饭吃。

前期的吃苦是为了后期的享福。如果做律师助理的时候没能做好吃苦的准备，很有可能成为律师的道路会走得更为曲折；如果在做律师助理的时候便能有吃苦的心态，并以一名准律师的标准严格要求自己，充满激情地奋斗，定能比多数人都成功。

第五，入行年龄不能太大。入行年龄太大的人往往无法校正过往养成的习惯，很多律师都喜欢聘用像一张白纸的应届毕业生，培养起来更为方便。所以很多从别的行业转来做律师的人，一般都是自己单干，而很难找到老律师带，一切只能靠自我摸索；而且做律师需要灵敏的反应和一定的悟性，年轻人相对而言更有优势，起步阶段如年龄太大，则很难适应律师快节奏的工作，思维跟不上；另一方面也因为年轻律师往往无家庭的负担，能更专心工作。

还有就是年轻律师相对而言拥有强健的体魄和饱满的精力，因为律师行业的压力大，律师工作无规律的性质决定了律师必须有一副能抗、能打、能折腾的好身子。压力大、烦恼多、年龄太大的往往顶不住。

第六，口才好、形象佳。律师需要靠嘴巴吃饭，口才好也代表了思维灵敏，这都是律师必备的素质。平时和别人说几句话就脸红，一急起来就结巴的人建议不要从事这个行业。虽然在我国，庭审并不如英美法系国家的庭审那么精彩，需要律师口若悬河、滔滔不绝，但起码要求律师必须思路清晰、表达清楚，如果不能做到，那么可能在法庭上连证据和事实都阐述不清，甚至会通过自己的肢体语言和面部表情等无意识地出卖了自己的想法，又何谈维护当事人合法权益呢？

同时，律师虽然不用靠脸蛋吃饭，但律师在招律师助理的时候往往会有“形象好、气质佳者优先”这一条，好处自然不用多说，形象好的同学有天生的优势，在很多行业都一样。

第七，有梦想、有规划。如果抱着打工的心态，只想打一份工、拿一份工资而做律师是无前途的，会害人害己。不想做将军的士兵不是好士兵，如果没有将军梦，会“迟到早退”，工作没有激情，拿薪水不做事，又或者做不好并传染给其他同事。如果真的愿意投身律师行业并为之奋斗，就应该早些做职业规划，对自己的将来准确定位，树立远大的目标才能有动力为之奋斗。

举一个例子，在做职业规划的时候，有没有人会考虑到大学毕业几年后，为自己的同学创造多少岗位，或者给别人创造多少机会？如果连想都不敢想，谈何做？当然，这仅仅是一个例子。提早对自己的人生做好规划，是对自己负责，能够缩短由应届毕业生到执业律师，甚至合伙人的时间。

第八，文笔好是个很大的优势。做律师经常都得和文字打交道，很多律师都喜欢招擅长写作的律师助理。一写东西就头疼，半天憋不出一页纸的同学，最好不要进入这个行业。文笔好可以多写一些文章展示自己的思想。不过，不要经常发表一些抱怨的话，传播负面情绪，这在他人看来就是无病呻吟。

我的建议是：文笔好的同学，将自己过往发表的作品写进求职简历，或者在电子简历上附上之前已精心经营的博客的链接，相信很多律师都会眼前一亮。

第九，女生适不适合从事律师行业呢？在这个行业，男律师居多，但事实上据我所知，有很多女律师都做得非常出色。当然，男律师和女律师在职业上必然有不同之处，比如女律师塑造的强势性格，工作的应酬、忙碌，以及所接触社会各层面的广度和深度等等因素，常常会成为家庭关系中的不稳定因素，所以会给人一种女生不适合做律师的感觉。

女生在起步阶段，即从律师助理做起时，应选择相对规范的律师事务所，尤其是人品过关的指导律师。如果可以找一名女律师作为自己的指导律师，就再好不过了。

第十，律师这一行业不适宜那些大学刚毕业就急于回馈家庭的人。不管是大学本科生还是研究生，读了十几年书之后可能不好意思再开口向家里伸手要钱，但是如果选择做律师，则不可能在短时间内回馈家庭。因此，家庭条件好，并且家庭能够给予支持的话，会起到非常重要的作用。

如果认为自己符合律师行业的要求，并能够在律师行业长期坚持下去，那么需要考虑的便是在广州做律师的成本有多大。

首先是机会成本。即在资源有限的条件下，由于做律师而要放弃的在其他职业可能得到的最大收益。这和一个人的未来息息相关，因此选择第一份职业时必须要慎重和懂得取舍，需要长远的眼光。

其次是时间成本。如果是法学本科，在大四顺利通过国家司法考试，从毕业之日起到拿到律师执业资格证，最理想的时间是两年；研究生则快一些，因为在学校通过司法考试后可以凭借本科的毕业证和学位证拿到法律职业资格证，而本科生则要在毕业当年的 11 月左右。当然，如果在校期间未通过国家司法考试，那么拿到执业证的时间则更要后延。

还有就是经济成本。这涉及律师助理到执业律师的阶段中律师助理的待遇问题，通过了司考后实习一年也许不是大问题，至少有指导律师会发工资，我也听说在上海某些律师事务所做实习律师是没有工资发的。然而，从律师助理到执业律师还需经过长时间的考验和“剧烈阵痛”，才有可能真正自食其力，这是一笔巨大的经济成本。也许在工作前几年基本都是月光族，甚至混不到温饱。

此外，还有为通过国家司法考试所付出的时间成本和经济成本，工作当中的身心健康成本、执业之后为拓展客户而付出的成本、面临的职业风险等等，在此不展开详谈。

也许人的一生并不是单单追求物质财富的，但这些又都是非常现实的，必须作为从事律师职业之前考虑的因素。我相信，部分人心里也总是会想着去追逐财富，实现自我价值，因为没有人会甘于现状。凭借自己的努力，让自己爱的人和爱自己的人生活得越来越好，这是做人最基本的要求，也是无可厚非的。

**我的感悟和大家分享：**

全面了解自己是否具备这个行业所要求的素质，有激情、有规划、有追求，又能脚踏实地把每件小事做到极致的人，才是真正适合这个行业的人。

# 我为什么选择做律师

2012 年 11 月 30 日，我和我们律师事务所的李纲律师去华南理工大学法学院和本科生、研究生分享了“我为什么要做律师”，很多有意愿从事律师行业的师弟师妹们在微博上通过私信问我，如果从事律师行业应注意哪些问题、律师的准入门槛是什么、如何才能从一名律师助理变为实习律师，再成为执业律师。这些问题在本书的后文会有详述，在此仅和大家分享我为何要选择做律师。

大四下学期的时候，我的大部分同学都在忙于找工作、考研，也有的准备创业，还有的不紧不慢等着回去做接班人。找工作的同学大多倾向于考公务员，或者选择向银行、大型国企、外企、民企不断投简历，然后经过笔试、“一面”、“二面”等等，不管有结果没结果，奔波于不同的招聘会，来往于不同城市，不断循环往复。但现实是“僧多粥少”，一股脑涌过去总有被淘汰的，最后，被刷下的人便带着一颗伤痕累累、疲惫不堪的心，跑到律师事务所实习。我有一位朋友便是这样，上大四考完国家司法考试之后也跟着潮流，挤进找工作的茫茫大军。他一门心思就想着进银行，一开始还信誓旦旦地告诉自己非国有的四大银行不进，结果是他的确没能进去。之后他又告诉自己，其实其他银行能进的话也不错，结果还是失败。受到打击万念俱灰之后，他突然醒悟：司考的成绩已出，既然自己过了司考，或许还有律师事务所会“收留”他。

其实这种现象正折射出应届毕业生心中的迷茫：找工作时不能准确定位，不清楚自己究竟想要什么，只能像无头苍蝇般乱撞，每个行业都投一遍，撞上哪个就算哪个。这是一种怪象，法学专业的毕业生在找工作四处撞壁、没地方可去的情况下，便会想到找律师事务所缓冲一下。也就是说，很多法学毕业生都是将律师行业当成其最后的救命稻草，实在是找工作找到心灰意冷才会想到这最后的途径。

抱着这样的心态进入律师事务所，我个人觉得很不应该。如果是因为这样而进入律师行业工作，又能坚持多久呢？没有对这个行业进行充分了解，仅仅因走投无路而踏进来，最后也只能是黯然出局。我的建议是，律师事务所并不是法学毕业生的救命稻草，如果没有提早做好清晰而准确的职业规划，不打算长期从事律师行业，还是继续在投简历、找工作上花多点工夫较好，没有必要在律师事务所浪费时间。

事实上，法学专业的毕业生有很多种工作可供选择。第一种便是时下最热门、最受人追捧的公务员，以广东为例，铁了心要考公务员的同学有四次机会：国考、省考、广州市考、各市市考。四次考试，如果你有足够的能力，只要能进去其中一个也不错；第二种是公、检、法单位，其实也是以公务员考试的方式招人，但目标群体小了很多，因为提高了门槛，只针对法学专业的毕业生，而且很多岗位要求通过国家司法考试，能考进这样的单位也不错；第三种是做公司法务，国企、民企、外企都需要法务人员，负责处理公司的所有有关法律方面的事务，可能会很忙，也可能很闲，但待遇基本不错；第四种是做与法律无直接联系的工作，也就是转行；第五种是做律师，这个不多讲了。之所以将律师放到最后一个选择，这和法学毕业生的就业意愿有关。每一年法学专业的毕业生选择做律师的人都寥寥无几，经过四年或七年对法律的学习，在洞悉当今的司法环境和法治现状后对选择律师行业会有所彷徨，做律师前期的艰辛与承受的代价往往让没有基础的应届毕业生难以承受，因而不考虑这个行业。

在我看来，律师业本应是法学专业毕业生的首选职业，而在当代，大家普遍的心态是求稳定，不愿意从事极具挑战性的行业。这亦无可厚非，每个人都有自己的人生理念和追求。但有一位资深律师指出，从一

开始便带着这样的思维去学习，并用这样的思维指导自己未来的人生，法科生就是这样走向平庸的。“法学本科生要前途，就应首选做律师。法学本科生一定要朝律师方向发展，靠自己的努力，开创自己的未来。”我不知道这是否正确，但我相信，律师业绝对是有前途的。法学专业以前是很热门的专业，近几年变得冷门，是因为法学人才接近饱和，即人才太多。同样的道理，近几年没人愿意做律师，那么律师行业会出现断层，即人才不足。从长远来看，律师都是大有可为的。我愿意用我的生命去等待，相信不久的将来定能成功。这不就是对自己人生最好的投资吗?

很多人选择做律师都是因为后期创收高，或因为其社会地位，或者说得更高尚一些，是为了维护法律的正确实施和维护社会的公平正义。我选择做律师的原因非常简单，不是能赚多少钱、有多高的社会地位，很大程度上是因为自己的理想以及这个行业的自由性。曾有一位资深律师这样写道：“律师是一份自由职业，来去由己，行为也少有羁绊。不仅如此，还在于人格上的独立、精神上的逍遥和思想上的随意。对于法律人而言，我想不到还有其他职业能比律师更加惬意。”的确如此，我发自肺腑地热爱律师行业，喜欢其自由性，喜欢做律师。可能过程中也会疲惫，也会累，但是，就算做再多的事情，都不会感到痛苦。

另外，做律师，需要内心真正的喜爱加上客观实际上的适合才能做到，这需要自我判断。不然，选择这个行业只能徒增烦恼而已。

首先，要在心底确定自己是否真的很热爱这个行业，很喜欢律师的工作。如果是为了有一份工作而去找工作，不是为了自己的兴趣、梦想而找工作，是毫无意义的。如果不是发自内心喜欢这个工作，首先会容易厌烦和浮躁，然后选择跳槽；又或者容易消极和倦怠，做一天和尚撞一天钟，逐渐走向平庸。

同时，需要客观上的适合，正如我上一节中所谈到的怎样的人适合做律师。有一位职业导师、著名企业家这么说：“虽然兴趣非常重要，但在选择时，必须综合考虑四个因素：理想、兴趣、天赋和就业。大多数时候，这四个因素所指明的发展方向并不会完全一致，必须善于找到四者的最佳结合点，并以此为依据确定自己的工作类型和人生方向。如果用图形来表示，在这四个因素中寻找最佳结合点类似于寻找四个相互交叉的交集。”理想和现实是有差异的，一开始有准确定位，才能好好规划未来、创造未来。

我是天秤座的，我认为在这个世界上，很多事情都是平衡的，你付出了多少，就能有多少回报。律师这个行业，只适合信奉“行动创造未来”的人。

**我的感悟和大家分享：**

律师行业绝不是法科毕业生的救命稻草。如果不能把它当成首选，那么也别把它当成是最后的道路，因为这只会让你感到痛苦。没有准备的无奈选择，就好像没有光明照耀的羊肠小道，你要往前走，便只能摸索前进，踽踽独行。

# 律师助理需要哪些“硬件”

如果打算进入律师行业，要明白律师事务所在招人时是否有硬性条件的要求。应届毕业生注意以下方面，提前做好准备，定能为自己加分不少。

第一，通过国家司法考试。通过国家司法考试是通往律师职业道路的“敲门砖”，律师事务所在对求职者有关司考资格的要求上，有三个不同的等级，一是要求通过国家司法考试，这往往是在招实习生的时候；二是拿到法律职业资格证，这是为求职者入职之后可以立刻办理申请实习考虑；三是已拿到律师执业证，这往往是大腕级别的律师招聘助理。一般情况下，律师招聘律师助理都要求过司考，这是一道重要的门槛。

2012 年 12 月，我去广州市司法局领取法律职业资格证的时候，看着人头攒动的大厅，心想又是数以万计的人通过了国家司法考试。有人说，现在为了照顾某些利益群体而使得司法考试普遍“放水”，越来越多的人通过国家司法考试，进入律师业的门槛渐渐形同虚设。我对此保持乐观的态度，过国家司法考试和从事律师行业并不是同一个概念，作为专业人士，我们担心什么呢？

第二，文凭是必须考虑的。以我们律师事务所为例，一般只从 30 所高校中招律师助理，如果是招聘 30 所高校以外的人必须经过管委会的审批。就我所知，金杜、君合、中伦等律师事务所在吸纳应届法科毕业生时亦有自己的固定标准，如只招名校毕业的研究生，且本科必须是重点大学。虽然这只是部分大型律师事务所的用人标准，但是也有一定的借鉴意义。我相信这也将会是今后律师事务所发展的方向，即从人才方面把关，从而提升律师事务所的整体水平，并打造自己的品牌。

当然，大部分律师事务所招人还是只要求本科学历的。虽然现在硕士满天飞，但很多律师事务所用新人都偏向于用本科生，因为硕士生做律师助理容易给人一种不稳定感。硕士生往往会有很多对比，自己多读了三年，为何和本科生差不多待遇？或者与自己的同学对比，同学都去了某机关、某企业，年薪十万等等，一对比就内心不平衡，便选择跳槽。更不用说一路读到博士再出来做律师的人。本科生便宜又好用，对薪水的期望值相对较低，所以，受到律师事务所的欢迎。此外，专科生也有一定的市场，这和律师助理的种类有关，一般都是做没有底薪、拿提成，负责协助解决案源或者一些不需要法学功底、不需要过司考的职位，或者被派往单位驻点等等。

第三，工作经验非常重要。现在很多律师事务所的招聘广告上都写着“有 2 年以上工作经验”，一般而言，需要招聘有工作经验的律师助理的，都是一些资深律师，意思是要求助手已在律师行业做了几年助理或者是已拿到律师执业证，用高一些的待遇招聘有经验或者有律师执业证的人当助理，在办理案件上更加方便。律师这个行业，都喜欢用熟手，因为培养新人的成本很大。不仅是要手把手地从头教起非常麻烦，新人学技能还是一个漫长的过程，而且教会了之后说不定新人就跳槽了，这也是很多老律师不愿意带新人的原因。

那么，作为应届毕业生，没有这方面的优势该怎么办，我建议有意愿从事律师行业的法科学子应该在大学期间多参与社会活动及社会实践，比如寒暑假可在法院、检察院实习，大四没课则可以在律师事务所实习一年，积累些人脉和经验，这样毕业之后相对而言更有竞争力。

工作经验还包括从其他行业转来做律师的，准确来说，这是一种社会资源和人脉的积累。应届毕业生应直接做律师还是考公务员或进企业做几年后再跳出来做律师呢？我个人认为，如果最终的目标是做律师，何必要曲线救国呢？有些人认为先考公务员或进企业后，做个几年积累些人脉和经验后再做律师会方便很多。我赞同在企业做个几年再转行做律师的做法，因为这有利于专业的选择，但对做公务员后再出来做律师的做法不甚认可。诚然，做公务员（如公、检、法单位）的确能够在该单位有点人际关系，但做个短短几年的时间能够结识到怎样的大人物、积累多深厚的人脉呢？对今后的律师执业的影响是否真的非常重要？曾经有一位师兄对我说，他考公务员是为了度过大学毕业以后前几年的艰难期，有了这个过渡之后做律师会方便很多。但这几年做公务员的经历就只是为了在前几年能混饭吃，有点积蓄以后再投身律师行业。或者就做个十几二十年，做到高层领导级别，再转行做律师，不过亦要看这个时候是否还追求物质财富或社会地位，还有一个很重要的方面就是执业时要考虑到地域回避的问题。

第四，有驾照是一个很大的优势。车对于律师的重要性不言而喻，现在很多资深律师都需要一个助手加司机，去顾问单位、出差办案或者开庭有个助理开车还是更为方便，而且是倍儿有面子的。有驾驶经验的律师助理可能薪水相对也高一些。当然，也不排除有些律师特别喜欢亲自开车的。

以广州为例，现在广州考驾照越来越难，排队的人太多，顺利的话，一般都要一年半左右的时间才能拿到驾照。建议现在才开始学车的人选择在别的地方考驾照，拿到之后再转来广州，这样方便很多。所以说，很多技能都应该趁早学，有些事情越早做越好。毕业时你比别人多一项硬件，就多一项优势。

第五，既有扎实的法学功底、理论知识，亦了解法学界情况，并具有一定的法学素养。很多法学本科生、研究生几年读下来，甚至不知道贺卫方、王利明、张明楷是何人，没有看过法学家写的文章和著作，虽然学的是法律，但对中国法学界有哪些介入立法的专家，对他们有何成果都一头雾水。这些人即使过了司法考试，即便很高分，也只是应试教育人才。这样的法律人，和法律如此近，却又和律师行业如此遥远。

第六，是否需要其他的“硬件”，如要考个会计从业资格证、证券从业资格证，做公司、证券上市之类的业务呢？我个人认为，现在律师事务所招人还是偏向于招复合型人才的，学法律一路到底的人才已经不甚吃香。因为现在流行的口号是“专业化”，比如做外商投资的，英语六级已不适用，最少得专业八级；主要做专利申请的，理科生反而会比法学专业的更受欢迎；做金融房地产业务的，偏向于招有法学和金融学背景的人才，诸如此类。所以，有一个方面的特长，会让自己更加有优势。

在广州地区，会粤语也是一项优势，不是说客户不会说普通话，而是一种文化习惯。特别是一些广州本地的律师，都要求律师助理会讲粤语，不会讲起码也要会听。

总体而言，第一点是最为关键的。现实是很多律师事务所招收律师助理只有一个要求就是通过国家司法考试，只要通过了国家司法考试，其他的英语四六级、计算机二级、普通话等级等等都是可有可无的，一切都好说；没有过国家司法考试，即便进入律师行业今后发展也会比别人晚一步。所以，想进入律师行业，就得多花工夫在国家司法考试上。

从另一个角度看，律师行业招人没有固定成文的标准，每家律师事务所、每个律师对助理的要求和标准都不一样，也不排除有些律师事务所和律师有特殊的招人要求，这还得看律师个人的用人习惯。总体来说，从事律师行业的关键在于自身是否属于真正有实力、有能力的人，面对任何情况都能所向披靡。

**我的感悟和大家分享：**

在大学期间，应充分利用时间去考一些必备的资格证书，保持读书和学习的习惯，不断充实自我和提升自我。什么是人才？就是真正理解和实践“人无我有，人有我优，人优我专”的人。

# 选择适合自己的职业地

临近毕业的时候，我经常在想，回家乡好还是独自在广州闯荡呢？现在发现，很多应届毕业生在找工作的时候，都会有此困扰，职业地的选择是一个很重要的问题。

大学是一个海纳百川的地方，来自五湖四海的同学聚在一起，经过四年的学习之后各奔东西。毕业时，一个很实际的问题摆在我的面前：自己究竟在哪里工作会比较适合？回江西老家做律师，可以顺利找到一个熟人开的律师事务所进去做律师助理，也有很好的师傅带。但江西经济相对不甚发达，法律服务的需求相对较少，而且律师事务所的规模较小。正如现在很多年轻人都喜欢往珠三角、长三角、京津唐等地方跑，毕竟政治中心、经济中心或者繁华大都市才能吸引年轻人的心。律师这个行业更是如此，内地的发展机会定然没有珠三角多，最直接的一点就是广东始终是全国经济发展的排头兵，珠三角地区汇集了数量最多的民营企业，很多在内地的律师都希望往沿海走。随着服务业领域的现代化快速发展，各地的律师行业发展逐渐产生差异，主要表现在规模化、专业化、品牌化、国际化等方面。广州律师业更是具备无可比拟的优越性。因此，我认为在广州这个国际化大都市从事律师行业，会比回家乡更有优势。

我是江西宜春人，之前在选择大学的时候，其实选择来广州也非常简单，将北京、上海、广州三个地方进行比较，我觉得北方太冷了，上海人的排外情绪比较重，所以就来了气候较适宜的广州。刚来到广州这座陌生的大城市时，我在想，如果经过四年，这个城市依然和自己格格不入，自己无论如何也融入不到这个城市圈子，那么最好还是离开吧，从哪里来回哪里去。我不认为这是一个讽刺，因为每个人的追求都是不同的，每个人认为幸福的方式也不同，只要过得开心，在哪里都是天堂。家乡是不错的选择，那里有自己的亲人，有自己熟悉的生活环境，有熟悉的街道、熟悉的乡音，一切都显得那么安详亲切。有时候我会想，等在外拼搏够了，就回家乡安稳过日子，未尝不是一件惬意的事。

来到广州四年了，爱上了这个繁华的城市，亦能够融入这座城市，接受这个城市的文化，向来的语言天赋让我在读大一时便能说流利的粤语。来广州这么久，也对这个城市产生了一种眷恋感。广州是一座包容的城市，在这样的国际大都市生活良久，早已经习惯了灯红酒绿，习惯了熙熙攘攘，习惯了灯火通明，不知不觉被其同化，有时竟会忘记自己原来是一个外省人。我更希望的是凭着自己的实力白手起家，最终在这个城市站稳脚跟，闯出一番事业。

不知道其他省份同学的情况是不是和我一样。如果有些省份经济发达、本身机会比较多的话，回去也是不错的选择。但我觉得，从经济相对不发达的外省千里迢迢来到广州，如果仅仅是为了在此求学四年即返回家乡，未免有些可惜。对于广东省内的同学，广州也是不错的选择，起码文化是共通的、交融的。

属马的人也许天生就有股闯劲，从我走出江西的那一刻起，我便决定自己今后一定要在外打拼。在校期间我每年只有寒假会回去几天，暑假留在外面实习。思念是在所难免的，只是再多的惦记也于事无补，还不如多花点心思在自己的事业和工作上。此外，大可对父母作出承诺：让我独自闯荡，几年之后相信我定能凯旋。

之所以说广州适合我，亦和我喜欢从事的职业有关。相比深圳，我认为在广州做律师会更适合自己的发展。深圳律师的年平均收入要低于广州，而且律师事务所规模、律师人数和广州相比都略逊一筹。

现在发现很多律师助理有这样的苦恼：来到广州读大学，四年之后找到一份月薪低下的律师助理工作，一日三餐吃的都是快餐，住在城中村黑暗拥挤的小房子，早上挤公交，晚上挤地铁，每天忙着做不完的事情，创收都是老板的，和自己无关，工作压力大，感情不稳定，种种的烦恼，慢慢就发现，原来梦想和自己如此遥不可及。当他们向我抱怨的时候，我都会想传递一种正能量：现在的好身体和年轻就是我们的资本，我们值得为此而感到骄傲。挺着一个“垃圾桶”大腹便便，吃着各种动物的鞭，混迹于各种桑拿洗浴场所，忙着各种社交、应酬，这些成功人士的生活你向往么？

即使向往，作为年轻人，在年轻的时候不吃点苦，哪有将来的享受？进入这个行业做律师助理，大家都一样，要做的应当是多交流职业心得和体会，分享喜怒哀乐，一起进步、一起成长，共同实现梦想。

**我的感悟和大家分享：**

既然已经毕业，就别再做“啃老族”，也别老想着要依靠谁。凭着自己的努力，在广州闯出属于自己的一片天，这样的人生才活得有意义，父母会为你而感到骄傲和自豪，人人都会为你的精彩而鼓掌。

# 选择适合自己的律师事务所

我在没有进律师事务所之前，对律师事务所抱着非常单纯的想法，希望能进大所，规模越大的所越好。真正接触这个行业之后，才明白对于初次入行的律师助理而言，适合自己的律师事务所才是最好的。具体而言，律师助理可以从以下几个方面考虑：

第一，律师事务所的规模。一个律师事务所的规模，一定程度上反映了其综合实力。拿广州做例子，可以看看广州市律师协会网站上的律师事务所排名，但是否可信则不好说，反正是因人而异，见仁见智。广州传统的一些大型所有金鹏、广大、法治盛邦、东方昆仑、启源等律师事务所；亦有一些总部在北京的律师事务所在广州开的分所，如大成、盈科等律师事务所；现在广州很多律师事务所都在走合并、重组的道路，涌现出越来越多的大型所，如广悦鸿鼎、广信君达、国信信扬等律师事务所。执业的律师多，则代表学习机会多，合作机会多，格局和视野也大，对于律师助理和年轻律师的成长而言是较有利的。

当然，大也不一定就代表强。因为也有的律师事务所只是搭框架、铺摊子，然后铺天盖地地宣传，吸引律师入伙，而不考虑律师素质、律师创收，只要肯进来分摊成本就行，这样的律师事务所组织纪律差，律师素质也参差不齐，要特别小心。我的看法是，强所应该是所里律师的平均创收在行业首屈一指并有良好口碑的，如金杜、中伦、君合等律师事务所。进入这样的强所做律师助理，首先是待遇非常好，其次能够得到的锻炼也非常多，而且有发展空间。

第二，律师事务所的名气。律师事务所的名气很大程度上是靠所里

律师撑起来的。以我们律师事务所为例，先后有多位律师分别担任全国人大代表、中华全国律师协会副会长、中华全国女律师协会会长、广东省律师协会副会长、广东省律师协会理事、广州市律师事务所协会会长等职位，被中华全国律师协会评为“全国优秀律师事务所”。名气和口碑非常重要，这反映了行业和客户对该律师事务所的评价。

在选择律师事务所时，最好不要选那些曾受过行业处分的律师事务所，而应找执业规范的，在行业中口碑较好的律师事务所。这些在网络上难以看出，最好多和行业内的人交流，做到心中有数。

第三，律师事务所的文化氛围。良好的企业文化是软实力。律师业是个流动性很大的行业，但有一些律师事务所，十几年下来，核心人员都没有变过，并且律师事务所发展得越来越强大，这样的律师事务所更有凝聚力和向心力。对于那些由几个老律师牵头组成的，并且律师事务所大部分都是一些新人，常年打着招律师、招律师助理广告的律师事务所，只能说尚处于发展阶段，有很大的空间和前景。律师事务所的文化氛围可以从同行口中了解，亦可以上市律师协会网站查看该所的律师在该所的执业年限。

对于律师助理而言，律师事务所的工作环境很重要。如果进入一个唯利是图或者内部矛盾重重、律师间钩心斗角的律师事务所做事，很有可能会影响自己的未来；而如果律师事务所注重对新人的培训和传、帮、带，则律师助理成长更快。

第四，还可以看看律师事务所的业务。一般来说，广州很少有专做某一个领域业务的律师事务所，大部分律师事务所都是民事诉讼、刑事诉讼、法律顾问等等业务都做。律师也很多都是“万金油”型，什么业务都接。应届毕业生对这一点可能不用太在意，一开始什么业务都接触下，学会办案流程，对自己是有利的。但如果是中途转行做律师，或者是带“艺”投师的人，则建议选择加入主要做自己专长的业务方面的专业型律师事务所。

我认识的一名律师助理，进了一家号称专做不良资产业务的小律师事务所，在里面重复的工作就是不停地打电话，催收银行账款。每天对着的就是电脑和电话，做了两个月还未接触到法律实务，结果“果断闪人”。

第五，看看律师事务所的待遇。应届毕业生在选择律师事务所时，很多都会优先考虑待遇问题。我之所以将其放在最后，是因为在广州做律师助理，基本上薪水不会差很远，整个广州律师业的行情便是这样。因此，不用太在意前期的待遇，在不具备实力谈条件、谈报酬之前，我的建议是学习为主，看淡收入，还有多忍耐。当然，低到太离谱也不行，因为没有解决生存问题就没有办法再往下走了。

比如说有些律师事务所给律师助理的待遇是底薪 1 500 元加提成，稍微比广州市最低工资标准高一点，而且如果在提成较少的情况下，扣掉社保之后拿到手也就 1 300 元。想想都觉得悲惨，但这是真实的事。所以律师事务所的待遇还是得考虑，特别是家里经济基础一般的应届毕业生。

至于应该选择传统的还是走公司化道路的律师事务所，在这个问题上亦是见仁见智，没有正确的答案。有人认为在公司化的律师事务所还不如去企业打卡上下班，因为这种律师事务所的流程化作业只能学到一部分技能，对律师助理的发展极为不利；也有人认为公司化的律师事务所是律师业今后发展的潮流和方向。我认为，对于律师助理而言，律师事务所的性质并不重要。在很长一段时间里，都可以不用考虑律师事务所的管理机制和分配机制，能得到锻炼和学到东西才是关键。等拿到律师执业证，后期发展的时候再去思考何种律师事务所适合自己，也为时不晚。

还有一个需要考虑的重要因素是律师事务所的成立时间，这对于已经有法律职业资格证的律师助理而言尤为重要。如果律师事务所未成立满一定的年限，则不能接收实习律师，不建议律师助理去这样的律师事务所。举个例子，我有一个师兄之前在一家律师事务所已经实习 3 个月了，由于师傅要转所，就跟着师傅一起换了另一家律师事务所，导致实习中断。并且，由于之后这家是新成立的律师事务所，不能接收实习律师，所以就一直拖着没有办理，这极大地阻碍了他的发展。不过结局还算乐观，他及时认清了形势，去了另一家律师事务所并申请了实习，现在发展也还不错。

人人都想进大所、强所、好所，但不可能每个人都能称心如意。实际上，中型所、小所和个人所也有好的方面，能在其中学习也是不错的。在这样的律师事务所，则应更看重师傅的作用，在下一节会有详谈。还有一些公职律师事务所和个体律师事务所，公职律师是事业编制，要通过公务员考试进去，他们是拿工资的，做的业务一般都是政府机关的行政诉讼案件；个体律师事务所由于较少，而且省司法厅也不批准成立了，在此不作讨论。

很多人在找工作的时候会急躁，看到身边的人都有了几个offer，自己啥都没有，一激动就会作出错误的选择。找工作是自己人生的大事，律师助理在选择律师事务所的时候，要全盘考虑，慎重抉择，找准适合自己的律师事务所。

另外，如果进了律师事务所，就不要随意跳槽。律师业虽说流动性大，但执业律师频繁跳槽还相对较好一些，除了行业评价稍差一些以外，收入不会有特别大的波动；而对于律师助理而言，换一家律师事务所就意味着要申请实习将会变得非常麻烦，导致的结果就是执业周期的延长。举一个例子，我有一个朋友，是西南财经大学的法学硕士，来广州之后短短半年就换了3家律师事务所，现在还在苦苦挣扎，因为每换一家律师事务所就要重新计算试用期，而一般律师事务所试用期满才允许律师助理申请实习。因此，为长期发展而言，看准了律师事务所，就不要随意更换，即使要换，最好也在拿到律师执业证之后再作打算。

**我的感悟和大家分享：**

好的律师事务所就是有学习和发展机会的律师事务所，律师助理应平心静气地找准一个适合自己的律师事务所，好好沉淀下来，充分发挥自己的主观能动性。

# 选择一个好的指导律师

指导律师，这里专指带律师助理的老律师，也可以称为师傅，是同样的意思。

踏入律师行业，人人都想找一个好师傅带。有好的师傅带可谓是事半功倍，入门和成长会十分快；如果没有跟对人，是十分可悲的，要不断调整、不断更换。一个没有被洗过脑的新人，接触的师傅一定会对他以后的人生影响深远，他的办案能力、文书写作风格、为人处世方式都会在很大程度上和师傅相类似。

好师傅是律师助理的第一桶金。从师傅的身上，不仅能够学到实务操作知识，如撰写法律文书、办理案件、整理案卷等，更为重要的是能够学到为人处世的方法。做律师，技艺次之，关键还是要学会做人。

因此选择师傅时一定要慎之又慎，我们新人该如何判断好师傅呢?我认为好师傅最重要的一点就是有心，换句话说就是负责任，既然招了律师助理，就应对其负起一定的培养责任，不能半途而废或者因事务繁忙而无暇指点；然后有一定的业务和足够的专业水平，能够让律师助理真正学到东西；最后是有耐心地点拨，从小事教起，将自己十八般武艺倾囊相授。

律师界流传着这样一句话“教出徒弟饿死师傅”，意思是说徒弟出师之后就是师傅的竞争对手，所以老律师都喜欢留一手，以防徒弟未来抢自己的饭碗。其实我觉得这句话现在已经没有多大意义了。现在是讲究团队的时代，个人的单打独斗已经不适合律师业的发展了，个人独立执业也拉不走多少客户。大部分助理就算独立执业，也是留在师傅的团队里继续做事；假如徒弟想另外带团队，也仍然拉不走客户，抢不了老律师的饭碗。因为客户就只认可老律师这个团队，要想抢过来是很难的。人脉这种东西非常微妙，也很空泛，怎么拿得走？

我个人认为这个不是因为老律师不愿意带徒弟，现在老律师普遍都不愿意带新人，主要原因在于培养新人代价之昂贵：找一个成熟律师做助手，只需要策划诉讼方案和审阅助理写好的文件，其他都能放手让助理去干；而找一个新人做助理，什么也不会，每个步骤都得老律师亲力亲为，而且要一步一步、手把手地教到成熟为止，成本太大。律师事务所不像政府部门、机关单位一样，会给新入职的员工职业培训。律师事务所是私人资源，考虑更多的是利益问题，很少会给律师助理做入职培训，所以老律师更倾向于用那些已经有执业经验的年轻律师作为助理。最不济，也必须是做过律师助理的稍微有点经验的人，也算是个“半熟手”。

另外，则是因为当下人心浮躁，缺乏感恩之心，往往培养出来的助理干不了多长时间，就跳槽去了别的地方。律师助理成熟之后，往往就想着独立执业，或者换一家律师事务所做授薪律师。行业内发生过太多类似的事情之后，老律师就心灰意冷了，觉得“竹篮打水一场空”，还不如直接用熟手。即使是要带助理，也得精心挑选素质和道德高的人。

也有的老律师愿意带新人，可能是他们对律师行业的反馈和回报，也有可能是他们觉得新人的成本低又好用，只想招进来打杂而不是培养。遇上第一种老律师，真的是非常幸运。这样的律师可谓是真正的好师傅，已经养成了带徒弟的习惯，每一个徒弟出师之后就想着继续带徒弟，是真心诚意想要培养人才的，代代相传。不管是为了自己的团队还是为了所在的律师事务所，这样的机会都是难能可贵的，律师助理应该好好把握。而如果遇到抱有第二种想法的老律师，这样的助理流动性会较大，在行业也较常见。

对于一个人的职业生涯而言，第一份工作往往起着至关重要的作用，甚至决定了未来的人生，因此，律师助理选择指导律师是件极其关键的事。此前，有很多律师及学者针对好师傅的评判标准写过相关文章，在此，我不做过多的列举。以下仅从反面特别提醒想做律师的法科学子，在投简历、选择指导律师的时候应注意的几种情况：

第一，看看该律师是否曾受过市律师协会处分。如因不了解而跟了个经常受行业处分的律师，则执业风险非常大，一不小心就会把自己给陷进去。这种信息在广州市律师协会的网站上输入该律师名字便能够查到。

我不建议新人跟这样的律师，是因为在进入这个行业工作的初级阶段必须养成良好的工作习惯，规范自己的行为，遵守职业纪律，培养职业道德，才能图未来长远之发展。找到一些“无良”的指导律师，可能最后好的东西没学会，坏的招数倒全都学到了，啥潜规则都精通。

第二，看看该律师在行业中的声誉如何。从 2012 年广州市律师协会公布的数据看，广州的律师有 8 000 多名，可以说这个行业的圈子就这么大。因此，在选择指导律师的时候要多问一问有经验的行内人，避免碰到一些臭名昭著的律师。判断方法也很简单，如果是只要一提及其大名，人人都捏着鼻子避之不及，或者不捏鼻子而是对其嗤之以鼻，建议最好不要跟从这样的律师。



20 世纪 90 年代的时候，广州律师非常少，有一些做了 20 多年的老律师对广州律师行业非常清楚，建议多问问这样的老律师。当然，有一些行内的前辈可能不会过多评价同行，对于新人的请教可能会说“不清楚”，但如果表示“不好说”就代表有内涵了。

第三，看看该律师跳槽是否频繁。律师行业有自己正常的流动性，跳个两三次，换换律师事务所执业，也许有很多种原因可以解释，而要注意的是那些换了五六次，去到一家律师事务所待不了一两年就被赶走的律师。跟上这种“跳蚤”型的律师，律师助理也只能漂泊无依，业无定所了。律师的执业经历在广州市律师协会的网站上也能查到。

第四，看看该律师的行为是否经常逾越行业底线。律师接案必须通过律师事务所，如果某律师仅把律师事务所当成会客的地点，平常极少去律师事务所而另有地点办公，即代表其只需要律师事务所的公章作为接案的工具，这种简单的挂靠无可厚非，但可怕的是有些律师甚至跳过律师事务所，以非正常方式接受当事人委托，抑或合同外收费，这种违反执业纪律的行为，一旦被查处，后果不堪设想。

作为新人，不要学一些歪门邪道的招数。作为法律人，即使不能做到一身正气，也不能知法犯法，做一些违法的事情，更不要盲目地听从指挥，一不小心就被卷入其中，无法自拔。

第五，看看该律师是否一年四季招人。长期招人，就是意味着长期招不到人，或者说招聘到了人，但做不了多久别人就跑了。因招不到人而抛出“高额”报酬，称新型分配制度，即意图给人画大饼，被人识破后不兑现，别人走之后继续高喊求千里马、求人才。留心观察，不难发现这样的律师。如不小心跟了这种大忽悠，只能是自己的不幸了。

第六，再看看该律师是否有“水分”。做律师，必须要懂得宣传自我，但不能过度宣传、虚假宣传。这里的“水分”就是指自我吹嘘和自我膨胀，例如自己给自己乱取名号、加一些无法考证的头衔、夸大案件影响力等等。这样的律师一掀老底就完蛋，一挤就出“水”，经不起检验。真正做实事的律师不用这样的宣传，而是埋头做事，一门心思地想着如何办好案件。

我有一个师兄跟了一个他认为好的律师，年近三十，工作几年，无车无房无女朋友，但被洗脑成功。他的信念是：虽然我没钱、没车、没房、没案源，但我有一颗必然成功的心。其不靠谱的程度类似于当代大学生：虽然我没看书、没上课、没复习、没做题，但我有一颗拿奖学金的心。每次见到他我都觉得惋惜，虽然说我不能单从物质方面去考量一个人成功与否，但是作为律师，如果没有独立的人格，事事听命于人，无异于傀儡，且需要摇尾求食。我们对于律师职业最大的误解，在于以为老板的话是万能的。最可怜的是受了蒙蔽而不自知，继续挥霍着青春。不过也好，起码他自我感觉良好。

第七，看看指导律师的人品如何。网上的东西很多都是“浮云”，通过现实的接触能更为直观和真实地感受一个律师的人品。律师行业不乏擅长无端捏造故事、喜欢评头论足、诋毁同行者，还有些两杯酒过后就牛皮吹上天，自认中国第一，功盖张思之之流，对于这种自我感觉极其良好的律师，我们允许吹牛皮，因为这是言论自由，大可一笑置之。

第八，和老律师相处要学会聆听和判断。我的观点是，做过三年以上的律师都是“人精”，对于老律师说的话，不可不信，也不可全信，至于能信多少则应自己把握。就像曹操通过望梅止渴的方式鼓励士兵一样，老律师同样会用画饼充饥的方式给你一个愿景，可能涉世未深的年轻人听完之后会觉得心潮澎湃、备受鼓舞，觉得自己的人生充满了希望，觉得自己的前途一片光明，觉得自己浑身上下充满了激情和力量。但其实很多事情是实现不了的，很多事情是无法预测的，对于这一点要有清醒的认识。

因此，不要陶醉于老律师为你画的大饼。如果真心想在律师行业长期发展的话，建议你诚恳地对他说：“我能有幸做您的助理就已经很开心了，我会尽力把每一件小事做好，不辜负您的信任。至于以后的发展会如何我没有多想，我只关注当前，踏实地完成您布置的每一项工作，努力走好每一步。因为我信奉行动方能创造未来，未来是由自己把握的，辉煌是由自己谱写的。”



其实，对于应届法科毕业生而言，找准一个好的师傅，别走歪路，在这个行业沉淀几年定能有所作为；如是不幸跟错了以上所述的律师，就应及时看清楚情形并早日脱身。

我不知道这样描述对求职的法科学子是否有用，又是否符合法科学子对律师行业以及师傅的预期，但我认为你们有知情权，所以我愿意说一些我在职业道路上的真实体会。想起去年今日，我也是一个刚刚接触社会的大四学生，在职业道路上亦有过曲折，接触了一些负面的东西，受了一些负面的影响，经过几位前辈的点拨，我最终选择了一家正确的律师事务所，选择了优秀的指导律师，这于我而言，是最值得庆幸的事。

进入律师行业之后，有好师傅的传、帮、带，会进步很快。但俗话说“师傅领进门，修行靠个人”，尽管大部分老律师会尽心尽力指导新人，但最重要的还是自己的努力。新人应脚踏实地，做好每一件小事，通过前期不断的积累和沉淀，慢慢积累经验和人脉，为自己的腾飞做准备。

可能有些老律师的脾气很坏，我建议律师助理对很多事情不用太耿耿于怀。本来这个世界上，就没有人有义务对你好。另外，学会控制自己的情绪，学会承受委屈，也是成功者必须具备的素质。

正如“这个世界上没有永远的朋友，也没有永远的敌人”一样，在律师行业也没有永远的师徒。这个期限或长或短，因人而异。可天下无不散之筵席，徒弟到了一定程度能够独立了，师傅即使再舍不得，师徒也得分家。这时候大部分老律师都会送徒弟一程，帮扶上马，如合办几单诉讼案件，送几个常年法律顾问单位，并在以后仍然有不定期合作的机会，差别只是薪酬机制和分配制度。

不管如何，徒弟都应该对指导自己的师傅心存感激。现阶段自己是弱小的，师傅帮助过自己，自己沾过师傅的光，今后强大了，师傅也不会要求自己供养其下半生，甚至不会要求报答。当我们可以独立执业的时候，师傅的责任已经完成。以后，我们坐巴士还是开奥迪，吃粉丝还是鱼翅，都只与自己息息相关，只对自己负责。但我们永远都要记住，必须对带过自己的师傅和帮助过自己的前辈感恩，未来也应该让师傅提及带过的徒弟时能感到自豪。

最后，“一日为师，终身为父”，既然叫了一声师傅，在心里就应该有起码的尊敬。作为一个年轻人，师傅对自己的帮助是不可估量的，如果不但不思报恩，反而背信弃义去抢其客户甚至背叛师傅，这样的行径与“农夫与蛇”里面的蛇又有何分别？真心希望大家无论跟着怎样的师傅，在职业道路上都能够坚守内心的一份纯净，坚定地迈步，追逐自己的梦想。

**我的感悟和大家分享：**

什么是好师傅，不同的人有不同的看法，亦没有固定的标准来评判，关键看其是否有心。有心栽培年轻助理的律师，就是好的师傅。

# 制作和投送简历技巧

2011年9月份，我还在上大四。复习司法考试的那个暑假，晚上也会回到宿舍上一会网，并打算在司法考试结束后立刻去律师事务所实习。在充分了解广州金鹏律师事务所之后，我认为这是适合自己的律师事务所，因此在微博上关注了一些广州的资深律师，并经常会有一些互动。国家司法考试结束后，我在微博上与广州金鹏律师事务所的高级合伙人张亚美律师互动，希望能够有一次到广州金鹏律师事务所实习的机会，然后将自己的简历发过去。令人庆幸的是，我顺利地得到了这个机会。如在上节中所讲的，选择好了适合自己的律师事务所或者指导律师，之后就应该有的放矢地针对该律师事务所或律师制作和投递简历。回想这段经历，不禁感慨万分，现总结如下：

第一，了解需求，如该律师事务所或律师是否招聘律师助理。律师事务所的网站一般都有"招聘"或"加入我们"这个栏目，而且有联系邮箱，可通过这个了解该律师事务所是否招聘律师助理，并给律师事务所打电话去确认。因为有些律师事务所是常年挂着招聘的广告，更新比较慢，每天收到的求职邮件也非常多。

确定其有招律师助理的意向之后，则应该全面收集该律师事务所和律师的信息，并围绕以下三个问题制作自己的简历：对方需要什么，你能够为对方做什么，你应该怎样去做。应该抱着这样的心态，律师招助理来是为了帮他解决问题的，如果自己不能解决问题，那就无法得到这份工作。如果连对方的基本情况和需求都不了解，就算进了面试，也往往抓不到核心点。

如果是在律师事务所官方网站上看到招聘信息，最好了解一下是哪位律师在招助理。这一点不是难事，有心的求职者肯定能够通过多种渠道弄清楚。比如，现在很多律师事务所的管理非常规范，律师统一用所里的邮箱，以姓名的简写字母作为前缀，求职者在律师事务所的官方网站查看律师名录便很容易知晓是哪位律师在招助理了。

第二，与该律师事务所或律师初步沟通，留下好的印象。在投简历之前可以先与该律师初步沟通，一般可以从律师事务所的官方网站、市律师协会网站等去搜集律师的相关信息，比如说，如果律师有个人网站的则可以提出自己对该网站的一些看法和改进的建议，让律师感觉到你是一个有心人，并且确实能够为其做实事和创造价值。另外，在现代最方便的就是微博，可以看看该所或该律师是否有微博，进而与其沟通，争取能够留下一些好印象，这样应聘的时候会更为顺利。

第三，有针对性地制作简历。制作的简历最好只有一页纸，写清楚基本信息、学历、学位、相关资格、技能、社会实践等。简明扼要，突出重点即可，这也是做律师必备的素质之一。

我在律师事务所工作之后，因管理指导律师的邮箱，经常会看到一些应届毕业生投来的简历，一般都是花两到三分钟时间着重看相关资格、技能和实践，非常不愿意看那些制作花哨、头像非主流、自我评价吹得天花乱坠、内容密密麻麻几页纸的简历。

第四，不定期地修改简历，量身定“修”。制作出简历之后，可以当成是一份具备修改基础的模板。然后再在全面了解该律师的情况下，投其所好。比如，该律师做房地产业务较多，则可以在简历中写上自己对房地产方面研究较多，发表过何论文，对有关房地产方面的法律法规是如何理解的，对房地产业务方面的案例的研究，对房地产领域的最新动态的看法，让律师感觉到求职者理论与实务兼备，且是一位有心人。

有一位律师助理曾发来他的简历，要我帮忙递交给我们所的一名律师，结果没有能够成功应聘上。后来，我们律师事务所另外一名律师招助理，我在微博上帮其宣传招聘事宜，这名律师助理又找我递交简历。

我说没问题，是不是发之前的那份，他说当然不是啦，几分钟之后发来一份新简历。我对比后，发现他专业特长和办过的具体案件都有侧重点地修改过了。不管该律师助理最后有没有应聘成功，我认为这种做法是不错的，在诚信的基础上有侧重地展示自我，是正确的做法。

第五，有的放矢地投送简历。可以向律师事务所官方网站留的邮箱投送简历，很多律师招律师助理都是通过律师事务所来发布信息的，邮箱一般由行政人员管理，律师事务所的行政人员看到简历后会转交该律师；有心的求职者往往会再投一遍到该律师的邮箱，以便引起注意。曾听过一则励志故事，一名求职者在投简历的时候将某律师所有的邮箱都投了一遍，并附上自己独到的见解，让该律师登录每个邮箱时都能看到，看到后果然大为震撼，最后求职者成功获得了理想的工作。

当然，不是说每个人都需要这么做，也不是说每个人这么做都会成功，遇到律师认为这种做法是骚扰那就麻烦了。如果能够认识该律师事务所的其他律师就更好，律师这个行业，通过熟人递交简历，有熟人的推荐往往能起到事半功倍的效果。譬如，通过在该律师事务所上班的师兄师姐或者通过大学的导师转投简历，成功的几率要高一些。所以应届毕业生在校期间多参加些社会活动，广泛积累人脉资源，还是很有必要的。

但是，想通过“海投”的方式获得录用是不可行的。“海投”就代表着很多人不了解用人单位，甚至不知道自己投出的简历将被谁看到，究竟是男律师还是女律师，老律师还是年轻律师？就这么把自己“卖”出去了，何其悲哀！因此，我一向不赞成这种投简历的方式，并且也未试过，我的建议是有的放矢，全面了解对方后再作选择。

举个例子，我有一个朋友，自身条件不错，但没有准确地定位。向广州很多律师事务所都投了简历，并且也确实有过很多次面试。他被拒绝了很多次，也有过很多次机会，之后他选择了在其中一家律师事务所工作。一次他的师傅带他去参加某次市律师协会组织的会议，在茶歇时，介绍他与其他律师认识，没想到有两位都是曾经面试过他的律师，握着他的手说句“哦，这个小伙子非常不错”，师傅正想说两句客套话“还好还好”，他们接着以不经意的口吻说“以前来过我们所面试”，他顿时尴尬不已，他的师傅也顿觉脸面无光。暂不讨论说这话的律师是无意还是故意损人，其实，广州的律师圈子就这么大，“海投”简历的方式不可取，说不定啥时就碰到熟人，正所谓“冤家路窄”嘛。

真正的人才，也不需要“海投”简历。找准目标后，一般面试两三家律师事务所，基本上便可敲定未来的走向。

**我的感悟和大家分享：**

切忌对每家律师事务所每个律师投的都是同一份简历，而应量身定做并及时修改；切忌对律师事务所“海投”简历，而应有针对性地投简历，才能取得事半功倍的效果。

# 律师事务所通常是如何面试的

律师事务所的面试，如果是大所，都有固定的流程，由行政负责笔试和初面，然后由需要招聘律师助理的律师“二面”，甚至主任最终面试。所以，应聘者应该事先准备好，比如登录该律师事务所的官方网站查查律师事务所的基本信息、律师事务所的专业领域、执业律师的情况，在面试的时候才能做到从容和淡定。

有一些律师事务所喜欢先笔试后面试。笔试主要是考察应聘者的专业水平，比如法律文书的撰写、案例的简要分析、法治时评写作等等，也有的公司制律师事务所会有专门针对应聘者性格的测试，如是否适合团队作战、是否能长期坚持等。

我们律师事务所一般是行政人员负责筛选简历，挑选一些好的简历转交需要招聘的律师。律师确定初步人选之后，行政人员负责电话通知面试，没有笔试的环节。当然，我们所有些律师招助理的时候会额外对求职者的法学功底和文字表达能力进行测试。

面试的常见问题主要包括以下几方面：

第一，对行业的认识，比如说你觉得什么样的律师才是大律师。对于前辈应该尊敬，虽然很多人内心都认为中国目前没有真正的大律师，但亦应该保持低姿态，先进入律师行业的就是自己的前辈，要表明自己对这一行业的关注，并学习好的方面。

又比如说你对律师这个行业有什么认知，律师在招助理时不喜欢那种要求高薪水、少工作的人，这种人显然不了解律师行业，亦不符合律师行业用人的要求。这样的人可能会期望值大、不稳定，或可能抱怨很多、缺乏团队精神。

第二，对该律师事务所和律师的认识，比如：你看过我所的介绍吗？了解某律师吗？这个就需要提前做好功课，曾有一个求职者面试的时候直接说出我们所的精神理念是“忠信勤勉，厚德重法”，并对我们律师事务所的历史、荣誉侃侃而谈，令人顿生好感。

对律师的了解则主要从其业务类型入手，比如不要对一个专做刑辩业务的律师大谈自己在民事诉讼方面的经验和见解，应结合律师的业务特点，介绍自己能够从哪些方面为律师做得更好，采取怎样的合作方式，并表明长期在此行业发展的决心。

第三，对工作的认识，比如说你知道律师助理有哪些工作内容吗，应该怎样做一名称职的律师助理，律师助理有哪些必备的技能等。作为新人，应该首先树立这样的心态：工作是由每一件小事构成的，把每一件事都看作锻炼自我的机会，而不要眼高手低只想做大案，不想打杂。有打杂的机会才能有发展的机会，这就是工作。

律师在招聘助理时不喜欢那种只要单位要我，让我干什么都行的人。连自己是谁、工作内容是什么都不知道的求职者，律师不会愿意要，哪怕你的学习成绩非常好。做到知己知彼，了解工作内容，掌握工作技能，才是受欢迎的求职者。

第四，梦想、志向和规划，比如有无做过职业规划，打算在行业里达到一个什么样的层次。做律师助理必须要有准确的人生定位和职业规划，毕业一年后达到怎样的水平，三年内的预期目标是什么，拿到律师执业证之后怎么做。律师可能会担心自己的助理一边做着一边考公务员，或者说不定什么时候就跳槽了，有长期的规划则代表一定程度的稳定性，表现出自己的决心，此外，还要表现出自己有梦想亦会脚踏实地，一步一个脚印。

老律师最欣赏年轻人的地方就是梦想和干劲，在律师行业做到一定程度，很多人早已遗忘了当初的梦想。他们看到年轻人抱着满腔热情和十足的干劲，特别是对自己的未来有准确的定位和规划，定会为行业后继有人而欣慰不已。

第五，专业基础和知识水平，比如看过哪些专业书籍，是否了解某领域的立法专家，关于司法实务方面的经典案例知道多少，有的律师会在笔试的时候给一份判决书要求职者谈谈看法或者写一份意见。应届毕业生在校期间保持学习的好习惯，打好牢固的专业基础，并不断提升自己非常有必要，因为这才是今后发展自我的基础。律师可能不会在意应届毕业生能有多少实际的办案经验和技能，但必须要有基本的专业知识，有基础今后才能慢慢学。

有位律师助理分享过他求职的故事，面试他的律师简要介绍了一个案件的情况，并拿了一些材料给他，要他写一份上诉状。结果他忘记上诉状的格式了，还好律师没有全程守着他，让他一个人在会客室做这份功课。于是他拿出手机百度，依葫芦画瓢弄了一份上诉状，结果居然成功应聘上了。虽然这种作弊的行为是不可取的，但起码还懂得利用现有资源，查到固定格式后能够随机应变，还是具有一定的专业功底和灵活处理问题的能力的。

第六，律师关心的问题还有求职者的人品。一个人能干与否是技术问题，即使能力暂时未达到，亦可以后期再培养；而人品好坏是道德问题，没有办法从根本上改变。律师肯定不会招一个城府极深、很有心机的助理，辛辛苦苦培养出来了，今后和自己竞争不说，还要从自己这里挖走客户和人脉。

有一位特别有经验的老律师曾跟我说，他招律师助理是绝对不会要那些眼神躲闪、飘忽不定，说两句话就摸摸鼻子（有鼻炎的除外），眼睛不自觉地朝左边看的人，他说从一个人的眼神可以看出他的心术，这样的人不忠诚、人品有问题，他曾经被一个徒弟背叛过，所以选人特别小心谨慎。

实际上，律师是个自由职业，很多事情没有成文的规定，也没有固定的用人标准。有些律师招助理的时候什么也不问，全凭个人喜好，看对眼就行了，所以外表和形象在一定程度上也能为自己增分不少。但这方面女生应该重点注意，面试的时候不要浓妆艳抹、花枝招展，否则不知是来面试还是干吗。

还需要注意的是，尽量不要犯一些低级错误。听行政人员说，上次我们金鹏律师事务所招助理，有个应届毕业生居然打电话来问律师事务所的地址，连这些基本的东西都没弄清楚，反而打电话问用人单位，是很可笑的事情。现在是网络时代，完全可以自己搞定一些基本信息，做好充足的准备。

面试的时候应尽量穿得正式些，体面些。我认识一个助理，他告诉我，他一直都坚定地想进入律师行业，毕业的时候身上就剩下两千元，遇到一个律师事务所的面试机会，怎么办？他买了一套体面的西装、西裤、领带以及皮鞋，留够生活费，抱着破釜沉舟的心态就这么进来了，事实证明他现在做得不错。他是属于特别有胆识的人，当然，这种高危举措不建议一般求职者轻易模仿。

**我的感悟和大家分享：**

归根到底就是一句话——知己知彼方能百战不殆。机会不是留给有准备的人，而是留给准备好的人。因此，积极准备，勇于应对，才能争取拿下自己心目中的理想工作，进而实现梦想。

# 律师助理和实习律师的区别

弄清楚实习生、律师助理和实习律师之间有什么差别，对欲从事律师行业的应届毕业生以及正在律师行业奋斗的律师助理而言，有十分重要的意义。

实习生和律师助理的区别很明显。举一个例子，假设你今年大四，还未毕业，去律师事务所找工作，应聘的时候看到招聘律师助理，或者主任助理、合伙人助理什么的，性质都是一样。如果和律师事务所谈妥了条件，律师同意和你签约（这个“约”是学校提供的三方就业协议，不是劳动合同），那么这意味着你已经一只脚迈进了律师助理的行列。一般来说，在这时，很多律师会要求应聘者早点过来律师事务所工作，那么从现在开始到第二年7月正式毕业之前，你的身份就只是实习生，也可以说是律师的助手，但不是真正意义上的律师助理。只有在拿到毕业证之后，律师事务所提供了正式的劳动合同，签完之后才算是律师助理。换句话说，如果你大学未毕业，那么你在律师事务所上班只能是实习生的身份。

很多人会有疑问，纠结于这个身份的表述有什么差别吗？差别非常大。比如说实习生拿的不叫工资而叫实习补贴，有的所甚至不会给实习生补贴。一般都是少得可怜的交通补助，好点的律师会给你一些伙食补贴。据我所知，目前广州的律师事务所给实习生的补贴普遍都是一个月几百块钱，做满一个月则下个月加100，至1 000元封顶。“五险一金”等待遇问题就别去想了，等签订正式的劳动合同并过了试用期再考虑。也不排除有些特别优秀的学生，在校期间就在律师事务所做事，并且拿的补贴也非常高。

当然，待遇方面不是应届毕业生应该考虑的唯一问题，还有就是实习生和律师助理权利义务的不同。用人单位很少会和实习生单独签合同，因为法律没有明文规定实习生该不该签劳动合同。如果是抱着短期实习应付学校的目的，可以不用签合同，但我建议长期实习的同学应和律师事务所签聘用合同。虽然实际操作中很少律师事务所会这么干，省得麻烦。可一旦出了什么问题，实习生如何保障自己的权益呢？实习生要求单位签聘用合同，很多单位都会反感，于是很多人都退缩了。但是，作为法律人，首先要懂得维护自己的权益，这样才能帮助他人维权。如果连自己的正当权益都不敢去争取，谈何助人？

如果是抱着完成学校毕业实习的任务，为了那一纸证书而来到律师事务所实习的，那么这样的实习生可能会很闲，因为律师不会交太多的事情给他做。短暂的实习没有多大可能完整地跟一个案件，律师也不想教会了实习生相关技巧之后，实习生就结束实习回学校去了。从某种意义上来说，这样的实习等于打杂。

事实上，如果是抱着长期在律师行业发展的想法而到律师事务所实习，这样的实习生和律师助理做的事情就是大同小异了，只是没有一个正式的身份，很多时候外出办事不方便。很多实习生在结束学校的毕业实习之后仍留在律师事务所工作，直至拿到毕业证后正式加入律师事务所成为一名律师助理。这种进入律师事务所的方法也非常不错，因此建议欲从事律师行业的应届毕业生可以先选择一家律师事务所实习，体验律师助理的工作之后再决定留在该所或选择其他律师事务所。选择实习的律师事务所也比较关键，具体可见上一节所述。不过实习生选择律师事务所实习相对好一些，因为在毕业时还有机会去挑选别的律师事务所，律师事务所一般不会对实习生有多少束缚。

律师助理和实习律师又有何分别呢？其实主要是看有无申请实习，“实习律师”是各地律师协会规定的一种形式，而且，严格来说，不能称为“实习律师”，而要称“实习人员”，为与上文的“实习生”相区别，暂且称为“实习律师”。按照律师协会的规定，律师在独立执业之前必须要实习一年，经过律师协会的考核合格之后，才能够有资格申请律师执业证。就是说，如果过了国家司法考试，拿到法律职业资格证，找到能够接收实习的律师事务所，向市律师协会提出实习申请，经省司法厅批准后就是实习律师了，这个时候可以拿到一个“实习证”，实习证上面会有一个批准的日期。从这时起，再经过一年的实习期，之后便可以申请律师执业证，即有机会成为独立的执业律师了。那么在拿到实习证到正式独立执业期间，你的身份便是实习律师，一般来说是一年半到两年左右。律师助理和实习律师也只是名称上的不同，做的事情基本上差不多。

反观律师助理。律师助理是没有规定必须要通过司法考试的，很多人没有通过司法考试一样做了律师助理，不过是行政助理和法务助理的差别，以及后期的发展有区别。行政助理其实相当于律师的文秘，主要处理的是繁琐的日常事务，详见上一节之介绍。有意愿做律师的人，为长期发展考虑，必须要过司法考试。

还有些人在律师行业做了好几年仍然是做律师助理，这种情况在律师行业普遍存在。一种可能是自己没有案源，只能依靠别的律师给案子做拿提成，那干脆挂着律师助理的名头好点，不仅可以继续从师傅那里拿工资，还能省下一笔交到所里的费用。还有的可能是和比较大的律师合作，一般律师事务所主任带的几个律师助理都是有几年执业经验的，这些律师助理早已具备独当一面的能力，只是名称不同而已，这种合作方式也非常不错。

想做律师的同学，第一步都是从律师助理做起。现在很多律师事务所都有内部规定，即一定要在本所做两到三年的律师助理，才能在本所执业。所以，在心态上要做好准备，从小助理做起，慢慢熬，终有出头之日。

**我的感悟和大家分享：**

欲从事律师行业的应届毕业生要好好把握机会，早一些接触这个行业，就能够站在比别人更高的高度，赢在起跑线上。

# 第二章 心态篇

# 处理好感情和事业

将这样的话题放在心态篇的首位，是因为我觉得律师助理是一个非常艰辛而长期的工作，如果在心态上没有弄清楚该如何对待感情，接下来则不用再谈工作。感情是一道坎，没有看破它、参透它、越过它，想要在事业上取得成功是不可能的。因此，以我个人的看法，我想首先谈谈处理好感情和事业。

在大学里面，恋爱是门必修课。如果大学四年都没有谈过恋爱，这样的人虽不是什么失败者，但在我看来，至少缺少了一种精彩，这样的大学生活是不完整的。

大学四年，坦诚地说，我心动过、追求过，也曾被追过。我有过几段失败的感情，这话听着很别扭，好像是几段失败的婚姻一样。但不可否认，每一段感情都是经营不善最后破产。旁人可能认为我艳福不浅，甚至有些师弟请教我当“情圣”的秘诀，可个中滋味只有自己心中知晓。因为年少轻狂，伤害过一些人；因为空虚无聊，也曾做过散尽千金但求美人一笑的事。现在回想这些事情，至少自己经历过，也无怨无悔。也许若干年之后站在另外一个高度看，又会有别样的心情、别样的体会。

我真正感受到必须处理好感情和事业的关系，是因为一件事。当时的我还在读大四，一位资深律师对我说，人一辈子中能心动的机会很少，能够爱一回的确是不容易，应该要好好珍惜大学里的恋情，这时候的恋情是最纯真的，因为大家投入的都是真感情。但大学里的恋情就像是昙花一现，大家毕业之后的最终结局大多是劳燕分飞，很少有人最后能走在一起。这其中可能会有各种不同的原因，但现实是，大家都需要寻找各自的梯子去为自己以后的人生谱写新的辉煌，而刚刚毕业的你我不是彼此的梯子，这便是很多人最后不得不分开的根源。我当时没能理解这句话，我认为大学恋情很简单，只要感觉对，毕业也依旧能在一起，现在不是过去那种包分配工作的时代了。而踏入社会工作之后我稍微懂了一点点，一个人如果明白了自己想要什么，就会知道该如何去对待感情和事业。

律师业是个充满艰巨性的职业，这条路刚开始的时候极为不易，前面几篇文章已经谈了很多。在这个特别艰辛的行业感受爱一个人和被别人爱是非常重要的，对于刚刚起步的律师助理，可能收入不高，工作辛苦，如果找到一个能够理解这个行业的艰辛、长期支持自己的人，和自己相扶相伴、相知相守，共同分享自己的喜怒哀乐，毋庸置疑，是一件非常幸运的事。发展的后期，业务繁忙，则更需要自己的另一半多费心力。对于任何人，和谐的感情必将成为你事业腾飞的基础，而律师行业则显得更有必要。

事实上，我身边很多律师助理都没有能够找到这样的感情。离开象牙塔，却发现恋爱已是件奢侈的事，可能没有时间，可能没有兴趣来真正做这件事了。

前进的道路上需要同伴的支持，律师助理则更应该团结起来，克服孤单的情绪。这也是我组建“广州律助工作小组”的原因之一，即传递正能量，让律师助理感觉到在这个行业是温暖的，有很多同伴的相互帮助；让律师助理有一个分享和交流的平台，可以交谈和聆听；让律师助理携手共进，共同实现梦想。

我在律师事务所还发现了一个规律：大部分青年男律师拿到律师执业证之后做的第一件事便是派发喜糖，准备结婚；而很多青年女律师直到而立之年仍然待字闺中，成为现代人口中的大龄剩女。事实上，很多女律师各方面条件都挺优越，但为何出现这样的现象呢？原因就在于优秀的女生太多，而优秀的男生太少，优秀的女生慢慢熬成了优秀的女白领，慢慢变成了优秀的女强人，却还是孑然一身。当然，感情的事可遇而不可求，所以也不用太着急，还是用心做好眼前的事，准备好一切，出来之后做好事业做好工作，站在一个更高的角度，身边的人高度也不一样了。

**我的心态和大家分享：**

一个男人在还不太成功之前，不要花太多时间去找女朋友，因为以后你会发现很不值得。要花时间把事业和工作做好，当你事业有成、工作腾飞之后，你以前所想要拥有的一切，都将像潮水般向你涌来，挡都挡不住。

# 正确看待前期的收入

应届毕业生找工作，最关心的莫过于待遇问题。虽然很多用人单位和劳动者签订合同的时候都会要求劳动者对薪金保密，但这世上没有不透风的墙，总会有不能守口如瓶的人透露或暗示一些，因此各律师事务所的待遇大家都心知肚明。踏入律师行业之前，相信很多人都已经了解这个行业的整体情况，正确看待律师助理前期的收入则显得非常有必要。

还没到律师事务所上班之前，我在读大四的时候，曾和几个要好的师兄聊得甚欢，他们都在律师事务所做律师助理。聊到待遇方面，基本上都是大倒苦水，说一个月的工资支付房租、伙食费就几乎用了一大半，千万不要做律师，听得我一惊一乍。现在自己进入了这个行业，渐渐明白和理解了这句话。广州的律师行业，做律师助理一个月能拿到2 500 元以上绝对算是比较可观的收入了，这还要看带你的律师是个怎样的人。大部分律师助理的月薪都在 1 800 ~ 2 500 元之间。这是整个行业的底线，如果想走律师这条道路，首先在心态上要做好准备，不要对月薪期望太高。期望越高，失望会越大。

说到待遇有一点要特别提示的，就是律师助理在选择律师事务所的时候要和律师事务所签订正式的劳动合同，解决购买社保的问题。举个例子，一般律师事务所给予的待遇是试用期 2 000 元左右，1 ~ 3 个月试用期，试用期满后月薪 2 500 元左右。而一般律师事务所购买社保都是采取单位部分由律师事务所出 600 元左右，个人部分由律师助理自己出 200 元左右。当然，也有的律师事务所是全部包在内，不用律师助理掏钱买社保的；还有的律师事务所甚至帮买住房公积金，不过在广州比较少，我们律师事务所是其中一家。之所以要重点谈到社保问题，是因为律师助理向市律师协会申请实习必须要有购买社保的证明。如果求职的时候遇到黑律师，不与你签劳动合同，也不买社保，即使每个月给3 000 元也是白费，这会影响到自己的执业。

我们这一届法学院有68 人，据我所知，从事律师行业的就只有我一个人。上几届法学院的师兄师姐情况也差不多，现在仍留在律师事务所工作的寥寥无几。之所以有这种情况，很大程度上就在于在律师事务所做律师助理待遇非常低下。按现在的经济形势，随便进一家公司工资都有三四千，这不是痴人说梦，我很多同学拿到Offer 都抱怨说4 000 元的工资实在太低不愿意去，当然，不排除有“晒命”（炫耀、显摆）的嫌疑。可有一个事实要看清楚，想做律师，要承受住的是，一开始的工资绝对是最低的，做律师助理甚至还不如某些小公司的文员、行政助理等等。说句很伤人的话，现在广州聘一名保安的月工资都要2 000 多元包吃包住，五险一金整得干干净净；律师助理的待遇和农民工比起来都差远了，简直就是穿西装的农民工，每天打着领带去吃快餐。所以，如果真的在意月薪的话，就不要进入律师这个行业了。趁早去找别的事情做，对自己也好，省得做到中途顶不住要退出，那时就悔之晚矣。

之前听过很多人说公司化的律师事务所薪水高，事实上也未必。金杜、中伦、君合等律师事务所的律师助理待遇确实高，一般的硕士生进去也能拿到月薪6 000 元左右，但这并不能减少一个人奋斗的年限。公司化的律师事务所往往是流水线式的作业，导致律师助理只能掌握某一个部分的技能，而不能全程学到作为一名律师所必备的技能。比如接触不到客户，不知道如何和客户沟通，如何接一个案子，如何拿下一个常年法律顾问单位，没有成功谈下一个案件的快感。这样的话，独立执业之后，要么继续做流水线作业，以追求金钱为唯一目标；要么就只能守株待兔，因为业务能力再强，也不懂如何洽谈，仍然需要继续在律师行业慢慢摸索。另外，也有一些号称公司化的律师事务所，其实待遇也和整个行业差不多，所以不是打着公司化旗号的律师事务所就待遇高。

当然，要看到正面和积极的一面。现在很多律师事务所的团队以及律师个人在对待助理的薪酬制度上都有所创新和改变，例如月薪或提成二选一。这种方式一般是业务量比较大的律师采用的，他们手头案子太多，于是分配给律师助理做，自己全程指导，最后亲自开庭。律师助理通过每办一件案子拿百分之多少提成的方式来增加自己的收入。如果一年做下来提成太少没有超过原始工资的话，还可以要求只计算基本工资的原始方式；还有的律师采取底薪加提成的方式，这样的律师在行业里是比较少见和相对厚道的。如果物质条件不怎么样，需要单凭自己的力量在陌生城市扎根生存，现阶段薪金对自己而言真的很重要，那么就选择跟这样的律师做吧。只要努力，信奉“行动创造未来”，你的收入会和你所付出的劳动成正比的。

记得我大四的时候，宿舍四个人，除了我之外，其他三个都在忙着找工作。他们和我都是法学专业的，有打算进企业、进银行的，有准备考公务员的，没有人愿意做律师。他们知道我在律师事务所工作，偶尔会问问我待遇如何，我一笑置之。现在亦是一样，不了解这个行业的人总喜欢问别人月薪多少，其实律师助理薪水的差别不会悬殊到哪里去，整个行业的底线就在那里。



我的观点是：不要攀比底薪，现在的底薪能够说明什么问题呢，它不代表什么。刚毕业的同学都站在同一起跑线上（“富二代”在此不作讨论），但毕业三年后同学之间就会拉开很大的距离。所以，不要攀比起薪，尤其对律师助理而言，这个数据不能说明什么，多一千的不用炫耀，少一千的不用自卑。几年之后，大家再聚在一起，再比一比实力，局面会不一样。

所以，以后见到别的律师助理，不要问他月薪多少，这个问题毫无意义，最好还是真心地对他说一声：“好好干，一起加油！”

**我的心态和大家分享：**

既然已经决定进入这个行业，就不要太在意前期的收入。将这些短暂的利益看淡，就会有更美好的东西在后头等着你。

# 成功之前的自尊

这里说的自尊，和尊严不同。自尊是既不愿意对别人弯腰，也不允许别人对自己歧视，受不得半点委屈，渴望受到他人尊重的心理。

人都有着可怜的自尊。之所以说可怜，不是我自暴自弃的说法。现在我们这一代，基本上每个人都是被父母捧在掌心，在父母的疼爱中长大的。我看到很多同学，虽然不至于目空一切，但在心里总有这样一种想法：觉得从小到大连我爸妈都没骂过我没打过我，你居然敢凶我。这样的心态，我觉得是很可怜的。出来社会之后，还有更多令你难过的事在等着。

暂且不用讨论律师在我们国家的社会地位如何，因为这有很多争议。拿律师助理做例子，毋庸置疑，律师助理的地位是很低的。如果你的师傅在场，他的威望足够的话，那很多人都会对你笑容满面客客气气，但一离开师傅你便什么也不是。甚至师傅刚一转身，你可能会发现身边的人对你的表情有强烈反差。这些都不算什么，过多计较别人的态度怎样也毫无意义，用不着活在别人的世界里。

但很多情况下会遇到一些尴尬的事情，甚至是挫折，这时一个人的自尊心就出来作祟了。真正在这个行业工作之后，你会发现很多事情并不是想象中那么美好。很多工作都是由一些细微的小事组成的，做每一件事都需要和人打交道。在与别人的沟通中，如果自尊心过强，那就意味着寸步难行。

做律师助理天天往法院、检察院跑，有的时候去工商局查档案，去各部门查各种信息，工作人员不配合，那也没有办法。有律师助理向我抱怨这种情况，我都会说算了吧，投诉也没有用，就忍忍吧，我遇到过多少次这样的情况自己都记不清了。

就像 Beyond 乐队的《海阔天空》唱的：“多少次，迎着冷眼与嘲笑，从没有放弃过心中的理想。”我总是想着，凡是成功者，必定是承受的责任与委屈大于享受的荣誉与收入。成功者什么面子都能放下，没有所谓的自尊，从不怕丢脸。所有成功者都是丢脸的时候比有脸的时候多，在一个地方丢脸，在另外一个地方再捡起脸面来。我一直都在想，在广州这个城市生存，如果连饭都吃不上，哪来的面子呢，哪里来的这么奇怪的自尊。

一位资深律师和我说过，她虽然做了律师很多年，也拥有了一定社会地位，财产也非常可观。但她见到谁都是客客气气的，见到谁都会笑容满面，讨好人是在这个社会生存的基本条件之一。不是看谁的头抬得高背挺得直谁便有地位和身份，成功的人心是硬的，腰是软的，每天点头哈腰笑眯眯；不成功的人心是软的，腰是硬的，每天昂首挺胸不求人。

出来社会，在外面做事情，受点委屈真的不算什么。韩信尚能忍胯下之辱，勾践能卧薪尝胆长达三年，我们遭受小小的挫折和委屈，吃一点点苦也真的不算什么。特别是做律师助理，和自己以后的事业相比，这些东西只会是成功路上的动力，而不会是绊脚石。正是有这些事情，磨炼自己的品行，控制自己的情绪，才能为未来奠定基石。

**我的心态和大家分享：**

成长是必然伴随着隐忍和痛苦的。如果很多事情不能忍受，归根到底还是对自己定位不清，先得对自己作一个准确的定位分析。没有成功之前不要过分强调自尊，这是一件没有必要的事情。

# 做任何事，请给出结果

现在的人容易迷失，这是这个时代存在的普遍问题。浮躁的社会风气往往让信仰缺失的人们无所适从，身处广州这个大城市的人们尤为如此。曾和很多律师助理聊过，大多是抱怨不断。每日的生活节奏如此之快，全身心的劳动换来低廉至极的报酬，抱着打工的心态过完一天又一天，而忘记了最初的理想，必然会迷失。其实，换一个角度想，为什么无数拥有卓越智慧的人中只有少数人能够成功?

答案就在于成功者善于调整心态。之所以说心态决定一切，是因为“心态支配行动，行动决定结果，结果改变人生”。所以，做律师助理，任何时候都不要忘记告诉自己，做任何事，都要给自己一个结果。

结果是什么? 一个诉讼案件，当事人往往购买的就是结果，而不是过程；当事人之所以愿意付费，是因为做事的结果，而不是工作过程中的付出与艰辛。永远不要期望客户的体谅和同情，你的工作如何辛苦并不重要，重要的是结果带来的价值。实践中看到有些律师以非诉讼的形式去做一个诉讼案件，极力将自己每一个步骤的努力都展示给当事人看，或者摆上网络供大众欣赏，意图表示自己确实是一位为当事人权益而奔波呼吁的好律师。但是，如果结果是败诉或没有达到当事人的心理预期，当事人仍然会对这种商业交换关系心存芥蒂。我们更强调的是给客户创造了什么价值，最终给客户的是一个什么结果，当客户不愿意给一个我们认为合理的价格的时候，一定是我们在价值层面出了问题，是结果不尽如人意。

那么，怎样为客户带来结果? 作为律师，不单单是要维护当事人合法权益最大化，更是要为客户创造更多的价值，这在非诉讼案件中体现得更为明显。在为一家常年法律顾问单位提供法律服务的过程中，我深深感受到，必须结果提前，自我退后，抛弃以自我为中心，而以结果为中心。律师的固有思维是提供法律服务，不管客户是否需要，亦不会针对具体情况设计对应的法律服务方案，每次都是在原有的格式版本上作一些修改。作为律师助理，则应该对自己提供的法律咨询和出具的法律意见等有必要的把握，否则就不要直接提供或发送给客户，而应树立真正为客户服务的意识。

客户需要律师给结果，从而支付等值的报酬；自己亦需给自己一个结果，从而在大多数人之中脱颖而出，走向成功。回归到律师助理这一层面，为什么很多助理都抱怨自己薪水不够，遇到同行不是交流办案经验、学习心得、职业体会，而是没说几句话就问别人工资多少，高一两百元或低一两百元对于现在的我们真的如此重要？这样的人委实让人哭笑不得。做律师助理，想在毕业之后的两三年内将薪水拉开很大距离是不现实的，不用相信某些老板给你的画饼充饥，也不必自欺欺人。成功的秘诀之一，就是拥有一颗坚强而百折不挠的心，通过每天结果的累积，实现人生的价值，勇敢、坚持不懈地走向成功的彼岸。

有了追求结果的心，才不会每天对着电脑打开聊天窗口聊着聊着，发现一天又过去了，才不会每天下班后两眼无神内心茫然。曾经很不理解国际上很流行的一句话：“先开枪，后瞄准”，因为在我们的惯性思维中，都是要瞄准了之后再开枪的，不然就打不中目标。而“先开枪，后瞄准”的逻辑就是执行的根本命脉：一个最差的结果，也比没有结果强，所以有行动能力的人永远都先做再说。正如《把信送给加西亚》一书中所说，拿到信就行动，有行动才有目标，没有行动，目标就没有了意义。结束一天工作回家后，如果没有聚会，我喜欢写点东西，知识的沉淀和人脉的拓展对于律师助理而言都是不可或缺的。

律师助理，有了追求结果的心，才能勇敢承诺，敢于担当。对指导律师交代的每一项任务都必须承诺何时完成，以及未完成应承担怎样的后果，然后提交成品，不要老想着依靠别人帮你审查和修正，帮你挑出错误。站在一个法律人的角度来看问题，把感情和事情分清楚，这样才能让工作落实，让指导律师放心。

律师助理，有了追求结果的心，才会勇于克服目前遇到的短暂的困难，才会不畏艰辛，内心坚定地奋勇前行。我的同行们，不用太在意现在的待遇，不用太担心目前的困难，库柏定律告诉我们，当你面对困难和失败的时候，不妨向更高的困难和失败迈进，体验失败在你身上慢慢建立起免疫能力的过程。让失败来得更猛烈些，当你已习惯更难的事情时，再回头看看以前，一切就变得更加容易了。

做律师助理的同行们，请坚定信念，不要抱怨，不要忧伤，我希望给你们积极的、正面的能量，这也是我写本书、开微博和博客最大的心愿。一段时间，只做一件事，而为了这件事，其他的事都可以放弃，无论放弃的东西在外人看来是多么有价值。总是追求完美的人，最后多半得到的是一个完美的借口或理由。行动起来吧，过好每一天，一个真正负责的人，会认真做事，执着一生，给自己一个结果。

**我的心态和大家分享：**

律师是一个厚积薄发的行业，要成大器，就必须耐得住前期的寂寞。所以，人生的结果如何，与他人无关，而是由自己决定的！

# 充满激情的职场动力何在

不管是律师还是律师助理，很多人都问过我一个问题：为什么你总能保持充满激情的状态？我有的时候也会问自己，进入这个行业之后，为何时刻都能保持积极正面、乐观向上的心态，并试图将这种能量传递给其他人呢？

做律师助理，需不需要“打鸡血”才能斗志昂扬？不需要。需不需要被“洗脑”才能充满激情？也不需要。需不需要别人“画大饼”才能勇往直前？更不需要。如何调整自己的心态，让自己阳光、积极向上、努力拼搏？这不是秘密。以前我总是说梦想就是支持我永不放弃、奋勇前进的动力，其实，还有期望、责任、价值和兴趣。

有了梦想，便不会轻易放弃。梦想是什么，很难给它下一个定义，这种虚无缥缈的东西亦很难描述。但年轻人不能缺少梦想，很多老律师之所以羡慕年轻人，就是因为年轻人敢于做梦，并且有时间和精力等资本去追梦。比如说你的梦想就是成为中国第一的刑辩大律师，没有人会嘲笑你，志愿和抱负是必不可少的；甚至受到嘲笑都是好事，这会更加激起你心中的斗志，不轻易放弃。

不能停歇，因为远方那期待的眼神。人都会疲惫，这是正常的生理反应，但不能松懈。每一次当我想松懈的时候，我总会想起自己身上承载着的厚望，它不是一座压着我的大山，反倒是我骨子里的源泉，支持我一直努力，时刻鞭策我前行，保持积极向上的心态。想起今年过年时离开我的大伯，心中总是忍不住伤悲。最疼爱我的伯父，见证了我的成长，却没能等到我的成功。灯熄灭，多少个月明星稀的夜晚，从睡梦中

醒来，我都会告诉自己，没有任何理由松懈，因为时间在流逝，亲人在老去。虽然我的父母一直都是衣食无忧的，也许他们最大的期望就是我的平安、健康和稳定，但我希望让我爱的人能够有一张因我而自豪的笑脸。

男人要勇敢。有位职场导师说，男人所有的不幸、所有男人的不幸，都是因为他不勇敢。这句话说到了我的心坎里，在学校里，无论是学业上和活动中，一直以来都是勇气在支撑着我，如果没有勇气，很多事情上我都将失败。我一直都有着一种初生牛犊不怕虎的心态，充满热血和激情，做很多事情都是凭着一鼓作气的精神。以后我仍然要勇敢面对这个纷繁复杂的世界，独自承担起男人的责任，勇气是人生必不可少的东西。

担起责任，我们的双肩并不羸弱。现在是个比较尴尬的年龄：年纪不大，却见惯了悲欢离合，身边不断有人离去，有人结合；不甚谙世事，很多时候却又不得不老成；以前一直“牛逼哄哄”，认为自己是个人才，现在逐渐明白无论多优秀，社会总是能将锋芒毕露者的棱角磨平。某次，周末组织一群律师助理聚餐，之后去唱歌，大家都有了进一步的了解。前行的道路上有一群志同道合的伙伴，共同鼓励相扶相伴，在这个行业显得难能可贵。人都是这样，害怕孤单，哪怕是一声轻轻的问候，也是能振奋人心的良药。我们都是同龄人，都记得自己的诺言，我们挑起责任共同成长，快意人生。

创造价值，方不枉此生。我时常会想，做律师助理，能对这个社会创造多大的价值？现在有空经常在网上写写文章发表，偶尔在网上搜索，还能看到有些人直接全文复制我的文章然后署上自己的名，不由得一笑。这些文章取之不尽、用之不竭，如果喜欢尽可拿去，也算是对社会的一种贡献。人一辈子眨眼即过，要留下一点精神财富才不枉此生。

那么，在成为律师之后，我认为自己最大的价值便是维护当事人合法权益最大化，做到了这一点才能有资格谈维护社会公平正义。将律师业作为自己真正热爱的事业，每一天都会充满激情，每一次帮到当事人都会十分开心。因为，这就是我存在的价值和意义。

我们还很年轻，年轻到让无数人羡慕。年轻，就能做自己想做的事情。兴趣是最大的老师，喜欢上一个职业就意味着乐此不疲。年轻，必须要做自己想做的事情，很多人在有所成就时方能做自己真正想做的事情，蓦然回首，却发现前面三十年都在忙于混温饱。我选择律师作为职业，是真正发自内心地喜欢。任何时候，我们都该将苦累埋藏在心底，抬起头望向远方，因为我们年青一代是社会的希望！

**我的心态和大家分享：**

做律师助理，心态永远是最关键的。希望有所懈怠的，或是充满茫然、十分苦恼的同行们，能够一起加油、共勉！

# 请热爱自己的行业

既然选择了律师这个行业，就应从心底热爱它、拥护它，而不要说律师如何无希望、律师业如何黑暗。如果律师行业真的这么差，那当初为什么要选择它呢，这样说的人就意味着自己扇自己耳光。

在律师这个行业工作，愈加感觉到自己对它的热爱，更因为热爱这个行业而使得自己无论遇到什么困难都能坚定不移地走下去。

热爱自己的工作，才能坚持工作。律师这一行业的发展道路是蜿蜒曲折的，最初的挑战和激情或许是推动自己工作的动力之源，但在前进途中时不时遇到的艰难险阻会让律师助理深感无能为力或几近抓狂。然而热爱工作的人从来都不会失去驱使自己向前的使命感，无论多么困难，他们都会竭尽全力回到自己所热爱的工作当中去。我一直都信奉“实干创造未来”的观点，认为坚持不懈是迈向成功的必要条件。所以在选择职业的时候，我毅然进入了律师行业，并一直保持着对它的兴趣和热爱。

如果已经选择了一个职业并进入了这个行业，就不要再怀疑自己的选择，中途的瞻前顾后很可能导致自己作出错误的决定，进而成为以后的遗憾。我一直都非常佩服曾国藩，因为他能够几十年如一日坚持写日记，我想在现在这个物质喧嚣的时代，已经没几个人能够做到这一点了。其实一份工作也一样，尤其对于刚刚进入律师行业的新人而言，不能坚持，就意味着过往的努力付诸东流，一切得从头再来。而未来，同样充满着迷茫。

热爱自己的行业，才能勇敢面对。真正热爱律师行业的人不会因别人的言论抑或短暂的困境而放弃自己所热爱的工作。和循规蹈矩的同学对比之后，他有足够的勇气说出“虽然工资低、干活多，但我热爱我的选择”；在遇到挫折时他能更加勇敢地挺过去，并在度过困境之后更加热爱这份工作。

律师业是个需要迎难而上的职业，在当事人、公检法机关、同行之间斡旋，可谓夹缝之中求生存。在当事人不满而抱怨的时候，在到公检法机关办事处处碰壁的时候，在与同行竞争或同庭辩论失败的时候，所做的唯有不畏艰难，勇敢面对，并抱着积极的心态迎接下一场无硝烟的战争。

热爱自己的行业，才能享受工作。一直以来，我都认为律师行业非常伟大，我很享受工作给我带来的乐趣。和很多律师助理聊过，有些律师助理不是闲得发慌，就是因太忙而觉得工作是受罪，生活是痛苦。疲惫是人的正常生理反应，连续的工作或加班我也会疲惫，会觉得辛苦，但我不会感到痛苦。我会经常强化享受这根神经，从工作中寻找享受的理由，体会享受的快乐。

享受工作，就是要认真对待日常平凡的工作。如果律师行业是自己的兴趣所在，那么每一件小事都应该认真去做。比如写一份法律文书，出具一份代理方案等等，在老律师进行修改之后，需要静下心来，仔细地前后对比，去努力钻研，才能有所提高。再比如，很多年轻人都不愿意整理案卷，大部分法科生在去检察院、法院、律师事务所实习的时候多少会接触这一繁杂而枯燥的工作。诚然，这种没有技术含量的工作很容易让充满抱负的年轻人感觉到耗费时间，但整理案卷不是每一个人都能够做好的工作。整理案卷的过程更能体现出一个人的责任心和细心，并带来今后更多的合作机会。

热爱自己的行业，才能超越自我。律师行业是个厚积薄发的行业，需要自觉地、长期地、持续地去充实自我。热爱这一行业，才不会停歇，而是充分利用好时间给自己充电，打好坚实的基础，并时刻充满激情，不断前进，最终超越自我，迈向成功。

**我的心态和大家分享：**

发自心底地热爱律师行业，是在这个行业能够坚持工作、勇敢面对、享受工作和超越自我的动力源泉。在工作中要多改变自己，少埋怨环境，以实干创造未来。

# 忠诚于自己的事业

想起我们在校的日子。大四上学期结束时，如果手里还没有几个Offer，同学们心里就会发慌，甚至连过年都会忧心忡忡。因为这时候好点的企业基本上已经完成了招聘，谁不想早些把自己“卖”出去呢？过完年回来也有一些好的单位招聘，还有万众期待的省公务员考试、市公务员考试。这，也许就是最后的救命稻草了。

但我们法学院的同学似乎都很轻松。我认识的几个同学，没有找到工作都不着急，十分淡定，每天打游戏。这些人并不是“富二代”和“官二代”，一问他们，都说无所谓啦，慢慢找嘛，不行就去律师事务所混，反正都过了司考。这真是一件十分令人汗颜的事情，对一个把律师作为唯一职业并终身追求的人而言，无疑像是被抽了一记耳光。

其实这样的心态是不正确的，假设直到毕业都找不到好单位，能够进到律师事务所又能怎样呢？一般来说，律师更为关注的是一个人的能力、职业定位、专业功底和人品，而不是在校成绩单和有无通过司法考试这么简单。如果因找不到工作而无奈地进入律师事务所，今后的发展也是会存在种种问题的。

比如说如果律师助理抱着“骑驴找马”的心态，律师肯定是不会喜欢的。当然，如果仅仅是来律师事务所挂一个实习的名，为了一年后拿律师执业证的话，只要律师事务所的“话事人”同意，没人会介意。但如果因为暂时找不到别的工作，只想找份临时的工作，在这儿一边打工赚点钱，一边考公务员、考研，或等待机会跳好单位，既想顺利拿到执业证，又把律师事务所作为跳槽的平台，那就不好说了。

高校学子的毕业实习是例外，我认识一个已经保研的同学，因为无聊而来律师事务所实习，她说每天都是对着电脑聊 QQ、玩玩游戏，要不就是和别人在办公室聊天。当然，她的目的只是为混学校毕业实习的一纸证明而已，学没学到东西，有没有什么收获反正自己也不大在乎。带她的律师就更明白这个道理了，也不会教什么东西给她，反正实习完就走了。一般来说每个案子都是要跟好几个月甚至几年的，两三个月的实习时间没有办法能够完整跟一个案子。即便如此，这个律师还是很友好地每个月给了她几百块钱补贴。

这样的人是幸运的，虽然做不了什么事，至少还有律师抱着回馈社会和为高校教育提供便利的心态接受她，毕竟不算是正式意义上的律师助理，也就无可厚非。也有更为悲剧的律师助理，我在网上看到一个故事，有个律师事务所炒了一位律师助理，原因是这位助理是刚刚考过国家司法考试主攻知识产权的研究生，本来该律师事务所的几位合伙人非常看好他，所里知识产权这个领域的专业律师少，想培养他接手这块业务。但主任发现他桌上总是摆着一本《行政职业能力测试》，于是就“发飙”了。

一位资深律师曾对我说过一段话，让我难以忘怀。他说应届毕业生做律师助理，可以是非名校毕业生，亦不要求受到的法学教育代表中国顶级水平，但人品必须过关，必须要忠诚。这是他选择助理的唯一标准。

也就是说，律师助理首先在道德上要忠实、诚信。虽然律师业是一个分家很快的行业，但只要还在该律师事务所工作一天，律师都希望助理能够用百分百的忠诚来对待老板、对待工作。每一个行业都是这样，每一个老板也都是这样的思维。能干与否、专业与否是能力问题，这个可以培养，而忠诚与否是道德问题，没有办法改变。

其次，要忠诚于自己的事业。做律师助理其实很简单，可以没有工作经验，也可以欠缺专业能力，但绝对不可以不执着地追求这个行业。相关的法律知识可以学习，相关的经验技巧可以培养和锻炼，凭着对律师行业执着的追求，会有机会越做越好。

最后，忠诚于自己的事业亦是负责任的表现。换句话说，当激情退却，剩下的更多是责任，这是一条放之四海而皆准的真理，生活是这样，工作也如此。也许当初抱着的满腔热情消退后，平淡的律师助理工作就如一杯白开水，淡而无味，繁琐复杂，缺乏期待，但我们不能放弃。选择这个行业并献身其中，就有了众多需要承担的责任，即使激情不再。

**我的心态和大家分享：**

律师助理选择这个行业之后，必须要有这样的心态：忠诚。忠诚不是说要忠于某人，或忠于某律师事务所，而是忠于自己选择的事业，忠于内心的梦想。确定目标，朝着理想奋进，终有一天会成功！

# 戒骄戒躁，厚积薄发

做律师助理以来，愈加发现一个道理：律师永远都是而且只能是一个大器晚成的职业，没有捷径可走。有过硬“关系”的不在我文章所谈的范围之内，因为这种人无论从事任何职业，都只能是行业的特例。律师业，是一个需要戒骄戒躁、厚积薄发的行业，所以需要从律师助理阶段便树立这样的心态。

不要因付出而浮躁。做律师助理之前，我便想着自己的收入和付出在某些时候会是不成正比的，不要单凭自己每天工作多少小时甚至加班几小时，就为自己微薄的收入愤愤不平。把关注点放在自己目前阶段的收入只会自暴自弃，要想着自己的收入是由哪几部分组成的，这样就不难解释为什么有的律师收入年薪百万，而律师助理月收入几千了。有所付出代表着自己能够为社会创造价值，这是一件值得庆幸的事，而且最重要的是要想着自己每天能学会什么，自己每天有什么收获，有哪些成长，是否每天努力着向成功又迈进了一小步。

不要因家庭而浮躁。正因前期条件的艰苦，很多律师助理可能找不到愿意陪伴其度过艰难期的伴侣，看到身边和自己差不多年纪的同学都结婚生子了，每年都要遭受“红色炸弹”的轰炸，不免会心浮气躁。但大丈夫何患无妻？当你成功之后，自己站在更高的高度来看，会发现爱情的质量有了很大的改变。

不要因亲情而浮躁。只要一想到父母为自己操了多少心，白了多少头发，我想任何人的心都会变得沉重，希望能够早日成功报答父母。而其实父母最大的心愿不是自己的孩子能够出人头地、升官发财、衣锦还乡，而是希望自己的孩子能够安稳地过上好日子，平平淡淡才是福。不要浮躁，走到哪里都会有双亲殷切的眺望，在哪里都会有父母简单的期盼。很多时候都不用急，只要自己真正为了这份职业在努力，那么便问心无愧。

不要因物质而浮躁。例如，现在的房子这么贵，不用长吁短叹自己一年的薪水够买几平方米，又多了一个厕所的面积，哪里的房地产又开盘了。我是个乐观的人，买不起房可以租。心之所向，则处处是家；心不坚定，则时刻感觉漂泊无依。我们亦不要因其他的东西比如汽车而浮躁，没有汽车多环保。这些身外之物，该有的时候自然会出现，因为物质而浮躁，往往会做出一些急功近利的事情。

正如某电影中一句耳熟能详的话：“幸福与贫富无关，与内心相连。”如果不能调整好心态，很容易会浮躁，而一浮躁就会想着转行。一份权威调查报告显示，应届毕业生毕业三年内平均每六个月跳槽一次，也就意味着毕业三年内都是不稳定的，平均要换六份工作。作为一名律师助理，我从不会去想跳槽、转行之类的事情。既然做了一件事情，就要坚持不懈地把它做好，半途而废是种浪费青春的做法，我不赞成。

当然，如果做这份工作实在是不开心，当初的选择是因为逼不得已或者没考虑清楚，列出十个理由，能够说服自己的话，那么选择离开是一件明智的事情，不要一错再错。

不要因为有一些成绩便沾沾自喜。恭维你的人越来越多，不一定是他们喜欢恭维人，很可能是因为你喜欢被恭维。和一些律师助理聚餐的时候，有一个助理介绍他是怎么认识我的：“刚做律师助理不知所措，于是百度搜怎么做律师助理，找到了你的文章，读了一系列之后决定联系你。”现在不时有一种飘飘欲仙的感觉，老认为自己对行业还是做了一点事，将自己一路走来的东西都写下，形成流程化供今后加入这个行业的人参考，好的就当经验，坏的便是教训。有时都记不起自己的初衷，一不小心就偏离了方向。所以我也经常提醒自己，永远都要记得戒骄戒躁。

厚积薄发，需要的是忍耐加付出。当你超过别人一点点，别人会嫉妒你；当你超过别人一大截，别人就会羡慕你。十分佩服我们所的黄亮平律师，他是一个极其隐忍的人。去深圳出差的那天，他和我聊了很多他执业初期的状况，一方面感受到他前三年卧薪尝胆，付出之艰辛；另外也为他的成绩而感到开心。世间自有公道，付出总有回报，黄律师作为一名仅执业三四年的专职律师，便年创收如此丰厚，他的经验是：作为一个小助理，凡事都得忍耐；当你和别人的差距只有一点点的时候，伴随着你的更多的必然是抱怨和指责，甚至是批评和谩骂；而当你的实力和别人已经大幅拉开，别人就会对你竖起大拇指。

厚积薄发，需要围绕一个点，持续地去做。以前看过一本有关营销方面的书，最触动我的就是“持续性营销”。世间事大抵如此，只要用心去做、持续地做，始终不偏不倚、不离不弃，让铁杵磨成针，让小苗长成参天大树，这就是“专”的力量。永远都记得：努力、持续，终有成效。

“不积跬步，无以至千里；不积小流，无以成江海”是我高中时非常喜欢的一句话，现在工作了，这句话我仍一直谨记着。在如今这个人心浮躁的社会，特别是广州这个物欲横流、喧嚣异常的城市，只要稍被诱惑，很可能就飘了起来，离梦想越来越远。如何踏实地在追梦道路上走好，是每一个律师助理都应该注意的一点。我自己亦一直在不断反省，不断调整。

**我的心态和大家分享：**

做律师助理，一定不要浮躁，你可知道他人成功背后的拼搏与努力，汗水与艰辛？一定要保持戒骄戒躁的心态，踏实、逐步成长，全力以赴提升自己的水平，终有一天你会感谢现在努力拼搏的自己。

# 我的未来我主宰

对一名刚刚踏入律师行业的年轻律师助理而言，是一个好的师傅重要，还是一个好的律师事务所更重要?

师傅很重要，师傅的业务类型决定了自己前期做的事情和接触的业务。但什么是好师傅，我想没人能给它下定义。好师傅不一定是大律师，律师这一行有很多沽名钓誉的所谓“大律师”，对这个行业了解多一些，就会发现很多事情和自己想的不一样；好师傅也和创收多少无关，不仅是师傅的创收和助理半毛钱的关系都没有，师傅的收入是他的，不用引以为豪，而且这也不是评判好与不好的标准。

律师事务所很重要，对一个年轻人立足和站稳脚跟至关重要。如果这个律师事务所是走公司化路线，法律服务流程化，一般而言门槛相对较高，待遇也不错，做个几年也能掌握相关领域的东西，不用愁案源；如果是传统模式的律师事务所，那么助理跟师傅的关系比跟律师事务所的关系更为紧密。大所好还是小所好，这个问题我和不同年龄、不同阶段的律师助理探讨过。不同的人会有不同的看法，因此对这些有争议的东西也不作过多的评价。总体而言，认为大所好的占多数。

在大所，能找到好的师傅带，那是最好不过了。听起来好像很美好，但也只能是乌托邦，很多时候，很多人，并没有如此幸运。这在本书的第一章已经具体谈过了，所以本文想谈论的重点并不是好所或好师傅，而是律师助理自己，只有自己才能主宰自己的未来。

主宰未来，并不是说能在某个律师事务所某个律师手下赚到多少钱。就整个行业而言，广州的律师助理两千多一个月比较中等，要想前

三五年挣钱，就别做这行。22 岁以前的贫穷是理所当然的事情，除非是“富二代”。

主宰未来，是说首先要清楚自己想要追求的结果到底是什么。进入这一行业，前几年耐得住寂寞、下得了苦功，扎实学习，打好专业基础，才能为以后成为独立的执业律师做准备。只能说是做准备，因为没个三五年哪里独立得了。

主宰自己的未来，需要知道应怎样计划去实现这些目标。有自己的梦想更要有自己的规划，别指望着找一个能传、帮、带的好师傅，一边工作一边学习。因为学习是在学校必须完成的，任何时候都必须带着自己是一个成品的心来面对工作。即使要一边工作一边学习，亦是在工作之余学习，充实自我。

主宰自己的未来，一定要摆正心态。对律师助理而言，比一名好的师傅、一个好的律师事务所更为重要的，便是自己拥有正确的心态。

在工作中少谈待遇多做事。师傅没欠学生任何东西，相反，他不仅把他的看家本领传给学生了，还给学生发工资。我是一个直言不讳的人，相信大部分应届毕业生看到这句话，都会很难接受，但这确实是我认为极其正确的道理。律师助理要抱着一颗锻炼的心，谦卑地面对任何人，少说空话，多做实事。

也不用羡慕师傅的创收、车子、房子，因为这些东西岁月都会带给自己，而我们拥有的青春、健康的身体、饱满的精神、激情与干劲，就像时光一样不可倒退、无法再重新获取，都是千金难换的美好。正因为如此，我们才有资本主宰自己的未来。

更不要抱着一种被剥削的感觉。应届毕业生，不能够创造多大的价值，也没有多少东西可以被剥削。在自身实力相对较弱的情况下，如果还怀着对工作挑三拣四的想法，会阻碍自己的成长和未来。

我比较幸运，大四实习时就是跟现在的指导律师，她是一名有着近三十年执业经验的资深律师，对我非常好，这也是我毕业时选择继续留在广州金鹏律师事务所的原因之一。长达八个月的实习中我接触了民事

诉讼业务和非诉讼业务的法律顾问，最直接的一点感觉就是做诉讼相对于非诉讼而言，严谨程度要求相对弱些，诉讼很多时候以最终判决结果说话，非诉讼是以全程的工作说话。当然，诉讼和非诉讼各有优劣，新人从哪块入手比较适合，如何选择诉讼和非诉讼业务，这是本书后面讨论的话题。另外，除了基本掌握一些办案技巧之外，也学会了很多做人的道理，实习是一种宝贵的人生体验，也是我最终确定从事律师行业的强心剂。

我始终都认为有句话说得很对："师傅领进门，修行靠个人。"不论是在哪个律师事务所，由哪个师傅带，最主要还是靠自己，必须抱着学习的心态，静下心，能吃苦。只要律师事务所的工作环境舒适，师傅人品好，其他的都不重要，师傅身上肯定有很多值得自己学习的东西。

另外，也不存在错过了还是遇对了的问题，在一个律师事务所做，就跟着师傅好好做下去，不要想着错过了多少名大律师，失去了多少个机会。年轻人，自己的人生由自己负责、自己安排、自己主宰。拥有一个平台，好好干，终有一日能闯出属于自己的一片天。

（本文发表于《广东律师》2012 年 12 月刊，总第 185 期）

**我的心态和大家分享：**

律师助理自己才能主宰自己的命运，因为别人安排不了自己的人生。未来所有的一切，都只能靠自己现在的努力去获取。

# 我时刻铭记的箴言

有一次受广州某知名房地产公司的邀请，担任其公司年度启动大会的嘉宾。众多的获奖员工上台领奖，发表获奖感言，我感受到了他们内心的喜悦。看着不同岗位的员工们上台表演，听着经理们阐述下一季度的业绩目标，我为他们对未来的憧憬而感动。对于公司而言，好的薪酬制度是吸引人才和留住人才的动力源泉。在现场，员工表达了对公司薪酬制度充分的认可，以及对自己现在每月的工资、奖金、提成和补贴表示高度满意。这样的激励大会，对公司而言，一方面稳定了人心，另一方面听取了意见，便于不断改进。

我一直都认为，做销售是极具挑战性的一份工作，也一直很佩服有勇气去做销售的人。上台领奖的员工们的感言给我上了精彩的一课。做律师助理，亦需要在内心不断给自己暗示，在此和大家分享十句我极其认可并时刻铭记的箴言。

第一，律师这一行业需要有清晰的职业规划和准确的人生定位，并且需要不断调整。先就业后发展，先生存后生活，是进入社会直面压力时要谨记的重要观念。而为了生活和发展，则必须做好清晰的职业规划和准确的人生定位。同时，不断调适心理，改变行为，保持一种良好的心态去寻找最适合的工作和岗位，并作出正确、理智的选择，为自己求生存、求稳定、求发展，给自己创造施展才华的舞台，并融入社会。

第二，八小时内求生存，八小时外求发展。正如鲁迅所说："哪里有天才？我是把别人喝咖啡的工夫都用在学习上的。"工作的八小时，决定了自己的专业知识和赚钱吃饭的能力，以及支撑自己在社会上立足的基础；而工作外的八小时，才能决定自己究竟会成为一个什么样的人，以及自己未来的发展。当我们在八小时外自以为潇洒地贪图享乐、虚度年华时，那些比我们更聪明、更有能力、更加成功的人仍然在工作、在努力。一周五天、一天八小时，是一般人的工作时间。而成功者拉开与一般人的差距就在于八小时外。我们要争取做到比大多数同事勤奋认真，一个人只要有梦想，任何时候都有无穷多的事要干，成功人士的一天永远比别人多一个小时。

第三，沉淀客户，首先要沉淀自己。这是有经验的员工在分享“如何开拓和维护客户”时谈到的。其实可引申为“沉淀自己，才能沉淀未来”。既要仰望星空，也要脚踏实地。找到属于自己的位置，安静地生活，踏实地学习，充满激情地工作；不对任何人抱太大期待，对任何事都波澜不惊；学会思考、多学习、多阅读，努力地朝着自己的梦想奋进；并且拥有自己的思维方式，做个内心充实的人，沉淀自己，提高能力，创造未来。律师业是个综合素质要求非常高的行业，沉淀自己，这是大家都明白的道理，却不是人人都可以做到的。一般而言，只有心态好、有清晰的职业规划、准确的人生定位以及有坚定的信念去追逐未来者才能真正做到沉淀。

永远不要嫌弃小机会，没有抓住小机会而单单等待大机会是痴心妄想。对律师而言，没有大案小案之分，这是从维护当事人权益的角度来看的。而事实上，很多人还是想做大案的，办理有影响力的大案是律师职业生涯梦寐以求的事情。但小案件就是小机会，大案件就是大机会，如果没有如山的小机会堆积，便没有大机会的到来。

第四，不抱怨，不放弃。心态是至关重要的。任何行业都不欢迎满腹牢骚、整天抱怨的人。做律师助理，即使遇到再多困难和挫折，也要记得：静观花开花落，笑看云卷云舒，拥有积极的心态，坦然地面对挫折。不灰心，不妄自菲薄，不失去自信，不抱怨，不放弃。生活的天平有着柴米油盐，工作的天平存在着喜怒哀乐，生活和工作才能都变得平衡。

第五，常存感恩之心、感谢之心、感激之心。该启动大会有一个环节是让员工谈该公司的十大优点，其实就是想让员工学会感恩、感谢、感激。存感恩之心，不然，就是出卖自己的灵魂；存感谢之心，在哪里工作，都要告诉自己选择之后就不后悔，选择之后就喜欢上这份工作、这个单位；存感激之心，让自己成为一个内心幸福的人。

这个时代，最缺少的就是感恩之心。做律师助理，如果对指导律师心存感恩，就会想着他的传帮带对自己今后发展起着不可估量的作用，便会每天都充满激情；如果能够对客户心存感激，则会时刻发自内心地去维护其合法权益的最大化。

第六，管好自己的嘴，做好自己的事。不公开谈论当事人委托的事务，不公开评论当事人，不把话说满，不诋毁其他同行；不插手别人的案件，不参与事务所的人事纠葛，对自己的师傅负责，和同事保持和睦良好的协作关系；不该得的利不得，不该学的“歪门邪招”不学，不该跟的人不跟。

第七，放低姿态，因为是新人。抱着学习的心态，在这个硕士生满天飞、博士生多过院士的时代，任何时候都不应自我感觉良好。社会这个大课堂，有太多的东西等着我们去学习，我们不再是在象牙塔里，而是一个社会的新人。特别对于要做律师的法科生而言，谦虚、勤奋、好学应该成为我们的标签。不要恃才傲物，更不要没啥才能还嚣张跋扈，否则你将会为自己的嚣张买很多单。

面对很多前辈，我总习惯请他们赠送我三句话。无论是工作还是生活，我认为前辈的经验是无比宝贵的。我喜欢和前辈聊天，因此本书中出现了很多资深律师的寄语。

第八，不卑不亢，有独立的人格。律师不是自己的老板，可以尊称其为指导律师、师傅。有一些指导律师不喜欢律师助理有任何的独立思想，一切都要按照其旨意去做。这样的律师助理只能委曲求全，在工作时间内听从指导律师的安排。但作为一名律师助理，任何时候都不能忘记自己要有底线，不要成为一个能随意支配和差遣的无思想动物，也不要被洗脑，要时刻保持独立的思考和独立的人格，时刻记得自己的梦想。据我了解，有律师助理长期给律师当司机、接孩子、做家庭作业、做家教等，并以此为荣，认为这是律师信任自己的表现。

第九，公平正义、民主法治放心中。作为法律职业共同体的一员，要牢记自己的使命。当然，不是天天喊口号，只要在心里记得维护法律的正确实施，维护当事人合法权益，维护社会的公平正义，关心社会动态，以实际行动支持法治便可。天天把公平正义、民主法治挂在口边的律师往往是以此为名，博取眼球。律师助理在尚未执业前，则更要注意这点，不要打擦边球，影响未来的发展。

第十，学会规避职业风险。如果打算做诉讼律师特别是刑事律师的助理，得考虑好它的风险大小。不要盲目进入，更不要盲目听从指挥做出一些傻事，因为这可能和刑罚直接挂钩，必须要慎重。办理民事案件亦同理，比如在接案时最好在签署委托合同时附一份《委托人须知》，向当事人阐明诉讼风险，在工作中要注意尽量避免收当事人提交的证据原件，收到证据材料时向当事人出具《收取证据复印件目录》，制作证据清单和副本时留底并及时归档等。总之，律师这一行业需要谨慎，每一步都不能行差踏错。

一位资深律师告诉我，做律师，必须要熟悉《中华人民共和国律师法》、《律师执业管理办法》等有关法律法规，不要逾越底线去做一些违法的事情。在办理案件时要特别注意制作文件签收记录表，防止有的当事人因不满诉讼案件结果而有意声称律师接受委托后没有工作，现在有些无理取闹的当事人动不动就去司法局或律师协会投诉，制作文件签收记录表使我们在接受调查时也能够有理有据。

**我的心态和大家分享：**

做律师助理，没有固定的行为守则。但时刻铭记一些行业箴言，有利于自己在梦想的道路上平稳、顺利前进。

# 第二章 技能篇

# 律师助理的工作内容

作为一名优秀的律师助理，应该清楚自己要做好哪些工作。

第一，信息的收集和整理。以前的律师助理可能要收集主要业务领域最新的法律法规并整理、打印，然后用专门的夹子整合成厚厚的一沓，现在基本上都建立了电子数据库，网上有很多专门机构已做好了这件事，特别是一些法律管理软件，十分好用。

但是，在这个知识、信息爆炸的时代，对于杂乱无章的信息我们要各取所需。律师助理要做的就是收集和整理信息：如最新的法律法规，通过及时收集和整理，并不断加强学习，夯实自己的专业基础；律师行业的最新动态，经常浏览律师协会网站，时刻关注行业最新情况；最新社会热点问题，以便拜访客户时展示自己侃侃而谈的本领；企业最新动态，如果选择做非诉讼律师，意味着要时刻关注企业的动态，有了专业定位才有服务的方式和思路。

第二，文书的撰写。一般是从专业写作开始，包括代理方案、辩护词、律师函、法律意见书、咨询意见书、诉讼案件中的一系列法律文书等等。助理一般都是做好初稿，让律师修改和指导，前后对比之后学习和进步。“只要工夫深，铁杵磨成针”，撰写法律文书要肯下工夫去研究，在做过类似的几份文书之后，往往很快就能上手，撰写大部分文件的初稿。

现在的律师招聘律师助理特别喜欢文笔好的，因为文笔好的律师助理可以帮助自己在法律文书方面分担更多的任务，偶尔还能一起写点文章共同署名去投稿。文书的撰写是律师助理的主要工作内容，也是律师助理今后吃饭的重要工具。

第三，合同的审查和修改。律师一般都有几个常年法律顾问单位，稍微有点法律意识的公司常常一遇到任何问题，便会第一时间想到律师。作为律师助理，最基本的就是对顾问单位合同的审查和修改，接受其咨询，提供法律意见等。

我的指导律师的业务主要是非诉讼方面，有很多的常年法律顾问单位，基本上每天我都要审查和修改几份不同类型的合同，提供法律咨询，配合出具法律意见书等，这些事务做得多了，很快就能上手。

第四，案件的协办。律师助理是在律师事务所从事辅助工作的人员，严格意义上来说只能协助律师办案。所以虽然有可能一个案件由头到尾都是你在做，律师只是指点一下，但律师助理的身份依然是协办者。具体而言，与当事人对接、整理证据、查询相关资料、写诉讼方案、协助开庭、递交相关证据及文书等等工作都必须自己来。在指导律师手把手传帮带的情况下，一步一步地接触谈业务、协办案件、出庭等。

如果是做非诉讼项目，需要的精力远比诉讼案件多，因为这往往是长期和持续的过程。以一件小型收购业务为例：首先制作文件清单，开展尽职调查，并制作出文件摘录；然后协助写出尽职调查报告，并提出几种可操作的方案；再协助参与实质性的谈判并记录要点；最后便是起草相关文件。

第五，与客户的沟通。如果是常年法律顾问单位，可以定时向他们发送律师事务所的简报；如果律师事务所没有做这方面的东西，则可以选择定期和客户联系或拜访客户，听取他们对律师提供法律服务的意见并及时调整。如果律师对助手与客户沟通的方式比较忌讳的话，就不要过多接触此工作。

另外，还有专做行政类工作的律师助理，他们的工作内容包括管理律师的邮箱、定期写文章、贴发票、整理案卷等等，这些岗位主要招中文系或文秘专业的求职者，这种助理不要求通过国家司法考试，而且待遇会比做法务的助理稍微高一些；还有专做市场开拓、客户维系的律师助理，主要是招一些市场营销专业，并对法律感兴趣的求职者。当然，这是一个团队充分发挥每个助理优势的做法，很多律师实际上并没有能力或没有需要带几个律师助理，一般都是招一名律师助理，以上所有的工作都必须做。《新快报》有一篇报道将律师助理前期的工作戏称为“跑龙套加打杂”，其实还是有一定道理的。

但是，打杂也得有自己的原则。之前认识一位律师，经常叫助手去接自己的儿子上、下学，要其帮助辅导功课、做家庭作业等。有一次儿子学校搞作文比赛，竟要求助手做“枪手”，真是令人哭笑不得。做律师助理，就算是打杂，也不能什么事都做，一方面是失去了独立的思想和人格，律师说什么就做什么；另一方面也偏离了工作本职，遇到这样的律师，应该果断离开。

此外，外派的律师助理和在律师事务所的律师助理工作内容可能是不一样的。现在有很多律师会在外面开一家公司，如专做商标、专利申请等业务的知识产权管理公司或者做投融资业务的资产管理公司，一般招两三个助理配合一下，这种类型的律师助理不会接触太多的诉讼业务。

还有的律师可能会和大型企业合作，如承包该公司的法务，派驻一名律师助理去驻点，主要负责处理日常的法律事务以及负责律师与该公司之间的沟通。很多律师助理都会对这种形式反感，认为偏离了律师行业，和律师事务所的结合不甚紧密，时间久了和企业法务差不多，得到的锻炼却不如在律师事务所多。

**我的心得和大家分享：**

不论律师助理的工作内容有何差异，认真做好每一件小事，扎实地打好根基，学好自己的专业技能，每天进步一点点，才能创造自己的未来。

# 掌握必备的工作技能

律师助理需要掌握的工作技能有很多，必备的技能是与客户谈判的技能、办理案件的技能、撰写文书的技能和开拓案源的技能，这也是合格的执业律师的标准。

第一，谈判。做律师可以接触各种人及各种案件，可以经常和不同的人沟通，在律师助理阶段应学会如何和客户沟通交流。从接待客户做起，在面对客户的时候应自信而又谦卑，这是我从我们所的李纲律师身上学到的。在与客户交流的时候，一定要把握住“度”，也就是说，一方面要自信，树立自己是专家的绝对权威，用通俗易懂的方式表达出专业人士的术语；另一方面要谦卑，这并不矛盾，面对客户需要诚恳，牢记自己提供法律服务帮助客户解决问题的使命。这样的技能需要长期的锻炼和大量的经验。

与客户谈判，口才必须要好。可能有些老律师的口才并不佳，默默做实事也成功了，但这是岁月的结果，长年累月在这一行业干，大家都认为你是专家，当大家都认可你的时候，你说什么都是有道理的，怎么样说都会崇拜你。而作为一名新人，需要另外寻找成功的途径，即需要真材实料的谈判技巧。

我的建议是多参与客户谈判，并留心老律师是怎样说的，什么时候该讲法律，什么时候谈人情，什么时候讲深刻的道理，包括每一个手势、表情、肢体动作在内都是值得留意的。另外，要在各种场合锻炼自己“说”的能力。很多人在公众场合一站上台，总感觉下面很多双眼睛一起注视自己，会感觉不自然。而公众演讲能力是做律师必备的技能。多锻炼自己，克服怯场的情绪，想一想法庭上如何和对方激烈辩论。什么时候能做到完全脱稿，在台上一直演讲几个小时，即具备了谈判的基本技巧，在别人眼中就是专家了。

第二，办案。在和客户洽谈后，如果顺利接下案件，必须掌握办案的流程和技巧。以民事诉讼案件为例，可以进一步分析案情，写出代理方案，比对并选定应诉方案，搜集相关证据后制作证据清单，然后协助律师出庭，在开完庭后及时归纳代理意见。

办案还有很重要的一点便是和客户签订了委托代理合同之后的沟通。比如一个民事诉讼案件，和客户之间的沟通非常重要，要及时了解客户的要求，并及时向其反映案件的进度；准备好所有的证据材料，开庭之前再和当事人详细沟通，最后在开庭的时候也叫上当事人，因为他们是对案件最为了解的，以便于在开完庭后补充代理意见或者其他材料。用心办好案件，才能充分令客户满意。

我的建议是除了自己师傅办的案件之外，还可以多跟所里的律师去法院旁听他们开庭，这是一个非常好的学习机会。站在一个旁观者的角度，看看别的律师在开庭前、开庭中、开庭后会分别做哪些事情，了解各案件的诉讼程序、法庭辩论技巧、法律在具体案件中的应用等，旁听后及时总结该律师在开庭时表现好的方面以及应继续改进的地方，再设身处地地思考下次遇到类似案件应该如何处理，律师应怎样在案件中体现自我的专业水平和敬业精神，以维护当事人权益最大化。有机会的话还可以多看看其他资深律师的卷宗，不同律师的办案思路往往是不同的，要多揣摩、博采众长。

我们所的蔡飞律师说，他刚进入律师事务所工作时，前面一个月的时间都是用来整理师傅之前所办理案件的卷宗，通过不断地翻阅和总结，学会了师傅代理案件的工作流程和文书写作风格，之后师傅交代的任务他都能十分顺畅地完成，他的师傅也认为他悟性高、配合好、成长快。

第三，撰写文书。律师助理的大部分工作都是写作法律文书，撰写法律文书是办理案件中必须掌握的技能，好的文书往往能够起到事半功倍的效果。不同的律师撰写的文书往往会有各自的风格，但总体而言，法律文书的目的在于说服人，除了结构、内容和用语都具有固定、严格、明确的要求之外，在内容上要以事实为依据，每一个事实都需要引用证据说明，甚至要图文并茂；法律分析必须引用法律、法规、相关司法解释，甚至是判例、学理解释，做到层层论证，法、理、情交融。要做到这一点，不但要有牢固的法学功底、文字功底，还要熟悉全部法律、学理和案例，以及全面把握卷宗材料及每一个证据，并及时和指导律师沟通交流，否则一切都是说给自己听，无法说服别人。

我的建议是利用多渠道学习优秀的法律文书，现在网络如此发达，全国各地律师之间的距离一下子被拉近。经常看到一些资深律师将自己的法律文书展示在网上，对于律师助理而言，现在不仅仅能学习指导律师的技能，更可以海纳百川，博采众长。

此外，还可以多参加市律师协会举办的讲座、论坛等形式的实务培训，律师助理之间亦可以多举行类似的沙龙、研讨会，分享办案经验和职业心得，共同成长。

第四，开拓案源。掌握开拓案源的技能是必需的，虽然律师助理现在不能单独以律师名义办理案件，只是案件的协办者，但应该学会如何开拓案源，为自己的将来做好准备。这一内容在本书的第四章会详细谈到。

**我的心得和大家分享：**

律师助理应时刻以一名律师的标准严格要求自己，学习相关技能，这一过程是漫长的，需要我们用心和坚持。

# 打好牢固的专业基础

在律师行业工作一段时间后，我发现法学专业的应届毕业生通过国家司法考试后，真正从事律师行业的人很少，反倒是有些没有通过国家司法考试的毕业生会走这条路；非法学专业的毕业生往往比法学专业的毕业生更加勤奋和努力，甚至在后期发展更好。不管有无通过司法考试，不管是法学科班生抑或非科班生，都是从律师助理做起，一步一步朝着梦想奋进，成为一名自己心目中的大律师。

律师助理和律师一样，是一份艰难而充满激情和挑战的工作。一路走来，首先必须了解的情况是整个广州律师行业现状及律师职业的特点，然后必须面对的现实是行业竞争空前激烈和人才需求日趋专业化，最后必须思考的问题是如何做好从一名律师助理转身成为独立执业律师的准备。

律师助理如果具备足够的专业能力和案源开拓能力，便可向独立执业迈进。专业能力，即要求具有丰富的办案经验、较高的出庭技巧、敏锐准确的判断力和重点把握能力；开拓案源的能力，即要求承揽业务的能力很强，擅长与客户进行交流，并成功转化为案源。

这里不讨论有关系者和不缺案源者。比如说在公司化运作的律师事务所上班的律师和律师助理，一般而言待遇比较可观，类似于企业的高级白领，无案源之忧，并且律师事务所也不允许律师单独开拓案源，因为律师所有的工作时间已被律师事务所买断。众所周知，所谓公司，就是以最小的成本实现企业利益的最大化，执业律师是否应和企业工人一样领工资是个值得斟酌的问题，但不用愁案源也是件不错的事情，只能说因人而异，这亦是这个行业自由性的表现。

而对于律师助理而言，在专业能力和案源开拓能力之间，专业能力显得更为重要。虽然现实中存在许多法律专业功底很好却因缺乏案源开拓技巧而导致自己常年在温饱线徘徊的律师，但这并不能够说明案源开拓能力是律师的根本和全部，只能说明二者兼备的律师才是优秀的执业律师。

对律师助理而言，在不断学习过程中，掌握专业能力和案源开拓能力都是必需的，而专业能力才是让自己以后立于不败之地的关键。因为从律师助理成为一名独立的执业律师之后，主要都是忙着开拓案源，宣传自己，以争取获得更多的业务，所以真正能学东西只能是独立执业之前的那段时期，即做律师助理的期间。这段时期十分关键，只有前期学好本领，打牢基础，才能在执业后立于不败之地，不然就只能靠“忽悠”，而非行专业之路，靠专业吃饭。

律师助理在刚进入律师这一行业时，如果单靠自己，生存压力必然很大。应处理好生存与发展的关系，把握好现在与未来的平衡，一手抓生存，一手抓专业。如果放弃了对专业能力的追求，则会对自己未来的发展产生不利的影响。

曾看过一篇文章《我的助理辞职了》，文中谈到“踏实，是人人都可以做到的，和先天条件没有太大关系”。文章不错，但这一理念我不认同。踏实，并不是人人都可以做到的，这和先天的性格以及后天的希望、抱负、实践等条件有关。一般而言，只有心态好、有清晰的职业规划、准确的人生定位以及坚定的信念去追逐未来者才能真正做到踏实。

律师这个行业，忙的律师非常忙，没时间教律师助理，所以，如无清晰目标，律师助理很容易产生无所事事之感，总觉得自己是为师傅而工作，干多少事情也只能为师傅一个人创收，与自己无关，一旦没有人安排自己做事就会迷茫、烦躁。律师应有独立之精神和思考，如果在助理阶段凡事都需要按别人的套路和设计走，那么很大程度上便不能培养自己独立的思维，以及影响自己对梦想的追求。

律师这个行业，清闲的律师也真的十分清闲，教不了助理什么东西，因为其本身就没什么料。这样的律师自己都饱一顿饿一顿，如果不幸跟着这样的律师，那就只能用悲剧来形容，因为真的只能完全靠自己了。

律师助理需要在不断学习和实践中提高专业能力，这才是今后立足的根本。当然，提高专业能力不是一蹴而就的事，而是个长期的过程，需要持续、坚持和勤奋。“业精于勤，荒于嬉；行成于思，毁于随”，立志于长期在律师行业发展的律师助理，在做助理期间要更加珍惜时间，夯实基础，提高专业技能。

律师助理应怎样打好牢固的基础？

我的建议是，首先要多看书，法律基础知识是最基本的，经过四年或四年以上的大学学习，再加上准备国家司法考试的经历，能通过国家司法考试的或已参加过几年国家司法考试的同行，我相信肯定已积累了不错的法律功底，其水平已完全可以胜任初期的律师助理工作。此外可以再多看一些实务方面的书籍，如最高院的审判参考、资深律师写的经典案例集锦等。

其次要多实践。因为律师这个行业的实战性非常强，光看书是不行的，需要大量的案件练手。拿学做诉讼业务的助理为例，不仅应该阅读一些记载真实案件的书，掌握专业的相关基础知识，也要争取介入办理具体案件之中，还应主动去法院旁听各类案件。如果学做诉讼业务，连当地的高院、中院、区法院有哪几个，或者具体地点都不知道，连立案都不会，连公检法等单位都没跑过，谈何专业？

除此之外，亦可以参加各种法律实务培训班，或者参加资深律师传授经验和技巧的培训讲座，还有专家学者举办的以专业理论知识讲授为主的研讨会。这些活动市律师协会都会定期举行，所以要时刻关注行业动态，经常给自己充充电。

这也是我组建“广州律助工作小组”的原因之一，我们会经常不定期地聚在一起分享工作经验，讨论有关自身发展的问题，也会定期举行类似的沙龙和研讨会，请一些有“结果”的律师给我们传授经验，从而互相促进，共同进步。

律师业是一个前景非常好、挑战非常大、能够实现自我价值的职业。同时，律师助理的工作也是一项非常严谨、艰辛、繁重的工作，容不得半点懈怠和差错。更重要的是，律师助理在工作的同时需要不断学习，做好充分的思想、心理、经济准备，才能耐得住、挨得住、熬得住，在助理阶段打好牢固的专业基础，才能最终走向成功。

**我的心得和大家分享：**

“不积跬步，无以至千里；不积小流，无以成江海。”对于律师助理而言，牢固的专业基础是今后向成功律师迈进的必备条件，熟练地掌握和运用专业知识，配合开拓案源的技巧才是安身立命之本。

# 培养良好的工作习惯

大学毕业后的三到五年，重要的不是做了什么，而是养成了怎样的工作习惯。做律师助理应思考，在工作过程中有没有形成一种认真、踏实的工作作风，养成良好的工作习惯。

对律师助理而言，良好的工作习惯也代表了一个人的认真和踏实，律师这一行业需要有悟性，也需要踏实。从师傅的角度来看，他们都喜欢聪明勤奋的律师助理，但在聪明和踏实之间，更多的是选择后者。

“千里之行，始于足下”，在律师这一行业，执业能力是要靠学习、靠培养、靠实践、靠总结才能得到并提高的。这就需要从律师助理阶段开始就培养良好的工作习惯，多接触实务，边干边学，定期总结过去的工作，记录心得体会，高标准地严格要求自己的一言一行、一举一动，才能提高自我能力，为自己的将来做好铺垫。

第一，记录工作的习惯。这是一个备忘经验和教训的方法，亦是一个自我积累和成长的过程。我从去年 9 月份接触律师行业以来，每天都坚持写工作日记，记录自己工作中的点点滴滴，以 Excel 表格的形式精确记录每一个小时自己所做的工作，回看过去，每一天都能像放电影般在我脑海中映现；每个周末写工作小结，总结自己一周做的事情，还有哪些未完成的工作；每个月末写月度工作总结，回顾上月的大事件，总结自己的成长之处，制订下月工作计划。

第二，读书的习惯。我的建议是每周读一本书，并做读书笔记，一个月便能读三四本。每个领域的书都可以看看，做律师需要百科全书式的头脑。读书笔记，不是单纯地摘抄书籍内容，而是结合自己的工作实际，找出能对工作的执行有所帮助之处，写下对自己将来工作有帮助的想法或自己的收获。

例如，打算往刑事辩护领域发展的律师助理，建议全盘学习刑法学、刑事诉讼法学、证据法、犯罪学、犯罪心理学、法医学、司法鉴定学、刑事辩护学、司法文书、律师学、司法制度等。精读刑事立法专家如高铭暄、赵秉志、陈兴良等人的著作，“书读百遍，其义自见”，这样的道理人人都懂，但真正能做到的人才明白这句话的含义。

养成阅读的习惯，也有利于培养自己的分析和总结能力。比如刑事案件的阅卷，有些复杂的案件光是卷宗就有数百上千页，你必须学会在短时间内阅读完全部信息，并提炼出最有价值的信息。对于律师助理而言，一开始可能做不到，但并不代表永远做不到，做一名优秀的刑事辩护律师必须具有这种技能，所以需要我们在律师助理阶段就养成阅读的习惯。

第三，思考的习惯。“吾日三省吾身”，做律师亦是一个不断思考、不断调整的过程。结束日常工作后，应不断思考，慢慢摸索清楚哪些话能讲哪些不能讲，哪些话能打动客户的心，怎样的表现才能让别人对自己产生好的印象。每次参加活动、会议之后收获了什么，下一次如果还有机会参加我又该如何表现，工作中创造了什么价值等，这些都是值得思考的问题。

第四，分析和总结案件的习惯。案件是律师创收的来源，必须要高度重视。在律师助理阶段可以每月都制作一份案件进度情况表，记录自己协助办理的案件。办完一个案件之后，及时写下办案总结，法院的判决和自己之前设想的有什么区别，培养分析和概括案件的能力；如果老律师有很多常年法律顾问单位，则可制作一个统计表，查看进度，以便到期后续签。

例如，我在跟进指导律师的一个常年法律顾问单位达半年的时候总结了两点：一是律师必须主导整个工作，把握工作流程和进度，在提供法律服务的过程中才有优势；二是律师必须要以专业人士的姿态展现在客户面前，赢得客户的尊重和信任，从而让律师的工作得到最大限度的支持，充分发挥律师的作用。

第五，整理名片的习惯。在律师行业，很多人都是一边拼命换名片，一边拼命扔名片。我刚进律师事务所的时候所里就给我做好了名片，我自己也是这样，在很多场合收到很多名片，回家放在名片夹或抽屉里，过一段时间就忘记了；在任何场合都拼命撒名片，已经是20世纪的方法了，别人收到这样的名片也没有多大印象。作为律师助理，有没有一个人尝试过记录下派出的每一张名片是派给了谁，有没有人清楚记得你所收到的名片的主人长什么样？怎样发名片也是一门大学问，初出茅庐的你要知道如何让大家都记得自己。

最有心的做法是：首先经常检查名片夹，保证名片要足量携带；然后记下派出去的每一张名片，想想每一盒名片用完之后收获了多少潜在客户；收到名片后最好在名片后面记下跟他见面的时间、地点、事件或者写上他的言行对自己的影响；回家后再把名片输进电脑，不时复习客户的资料。用心经营，定能对今后起到重要的作用。

**我的心得和大家分享：**

做好律师助理的秘诀总结为七个字，就是必须要“多听、少说、跟着做”，多听才能够不断积累、用心学习，少说是为了尽量避免犯低级错误，跟着做即跟着老律师做事情，有样学样。

# 基本的商务礼仪知识

律师的专业形象不仅仅体现在内在的知识水平，亦需要通过各方面外在的表现来树立。在市场经济条件下，律师之间的竞争是全方位素质的竞争。在细节上的注意，往往能够给自己增分不少。教养体现于细节，细节展示素质，做律师助理，懂礼仪是必备的技能。

第一，宴会座次礼仪。一个最简单的问题，和客户吃饭，怎么坐？现在一般上档次的酒店都是圆饭桌，如果不知坐在哪，很多时候容易闹出笑话来。最基本的排序原则是“以远为上、面门为上、以中为上”，面门居中位置为主位，一般而言，包间里离门最远的位置是最尊贵的，留给这顿饭请客的人坐。但一般客户请吃饭的话，还是律师坐上座。如果跟老板一起过去的话，可以挨着老板坐，也不用太过谦虚坐在末席。

当然，以上所说是去较高档场所和较讲究之人用餐，如果是在酒店大厅里吃饭，又或者在街边吃快餐、大排档之类，就不用讲究这些了。

第二，轿车座次礼仪。作为律师，代步工具是必需之品，出差的时候经常要用到，因此必须懂得轿车座次礼仪。按照国际惯例，轿车的座次原则是：“右高左低，后高前低”，轿车座次的尊卑自高而低是：后排右位—后排左位—前排右位（副驾驶）—前排左位（司机）。一般而言，都是律师助理作为司机开车，老板坐在后排右位；当然，也不排除老板将开车作为一种爱好而要亲自做司机的，那么这时助理应坐在副驾驶位以示尊重，因为老板亲自驾驶轿车时，你坐到后面位置等于向其宣布你在打的，非常不礼貌；如果有其他律师在，那么应让其他人坐副驾驶，自己坐后面。让客人上车时，应让客人从右边门上车，手稍微挡在

其头顶以防碰撞，等客人坐稳后关住右边的车门后再从车尾绕到另一个车门上车。这不是做作，事实上，在国际上绅士都是这么做的。

第三，会议座次礼仪。作为律师，大会小会经常开，而很少有人会留意会议座次礼仪。首先是前高后低，其次是中央高于两侧，最后是左高右低。当领导人数为奇数时，1 号居中，2 号排在 1 号左边，3 号排右边，其他依次排列。现在流行圆桌会议，道理也一样，找到主席位，按照上述排列即可。

第四，接待客户礼仪。客户来律师事务所拜访，或送客户出律师事务所，该如何行进？自己走在客人右方的前一步之遥，别拉太远，也别离太近，再向前引导。当会客室的门是向外开时，应把门拉到自己身边，让客人先进；如果门是向内开的，则应把门向内推，自己进去，并用手扶住门，让客人进去。任何时候，记住自己是一个专业人士，必须树立良好的专业形象。

握手时应伸出右手（一定要用右手，因为国际上有些国家认为左手是肮脏的），彼此距离一步，记得要目视对方以示尊敬。男士要给点力度，不要过猛也不要软弱无力，更不要点头哈腰。握手的顺序：正确的顺序是待前辈、职位高者伸出手后，晚辈、职位低者才可以伸手去呼应，不要傻不拉叽地看到一个人就跑上去想握手。

乘电梯时，如有专人在电梯服务，应让客人先进，到达时应让客人先出；如电梯无人服务，与客人同坐电梯时应自己先进，再让客人进，到达时则按着开门键让客人先出。

第五，收、派名片礼仪。名片作为现代人的自我介绍信和社交联谊卡，也是大有学问的。对待客户，应双手递出个人的名片，自己事先检查一下，不要递出污旧或脏兮兮的名片；接受名片时，应以双手去接，接过后仔细看，并确定其姓名和职务，不要放在桌子上玩来玩去，无意识地左折右折，应放进名片夹或西装内袋，不要揣进裤子的后方口袋里。

第六，用餐礼仪。一般坐得挺直端正即可，不要前倾或后仰，以免显得散漫无礼。上菜之后由主人先起筷，不要饿得饥不择食。大菜一般用公筷，不要拿着筷子舔来舔去然后去夹菜，特别是不要用筷子伸进汤碗去捞菜。嘴里有食物时不要说话，避免喷到别人脸上。喝酒的时候一般主人要致辞，这时不要埋头用餐。替人斟酒不宜太满，一般为酒杯的三分之二。

用餐时要注意，有些手势会让人反感，严重影响形象。比如当众搔头皮、掏耳朵、抠鼻子、剔牙齿、手指在桌上乱写乱画等，我就见过很多人吃饭时都这样，真是让人大倒胃口。

第七，电话礼仪。拨打电话前先思考：我的电话要打给谁？我打电话的目的是什么？我要说几件事情？它们之间的顺序是什么？我需要准备哪些文件资料？对方可能会问什么样的问题？我该如何回答？

一般在节假日、双休日、午餐和晚餐时不宜打电话。电话三分钟原则：每次通话时间应控制在三分钟内。打完电话不要着急，让地位高者先挂电话，让对方听到嘟嘟声是种不礼貌的行为。不要在工作时间同打电话来的朋友闲聊，这点我发现我们律师事务所的同事们都做得非常好，这也与所里的文化氛围有关系。



第八，着装礼仪。看看那些老板的穿着和举止，其实是一件挺有意思的事。虽说人不可貌相，但大多数情况下人们总是习惯以貌取人的，从一个人当天的穿着打扮、行为举止等方面可以基本判断出这个人的身价。当然，这可能不甚准确，也不排除存在真人不露相或者大款总是习惯低调的可能性，但大多数情况下还是可以作为一种判断的方式的。

律师在穿着方面，尽量显得老成一些会更好，曾听过一个律师笑称自己脸太白显年轻而有意蓄须的。以后不论出席任何场合，作为律师助理，都必须西装革履、精神抖擞、短发平头，让别人一看就觉得有律师的风范，显得精神和爽朗，给人信任感，这样才具备了让别人愿意和你交谈的基本条件。让一个不认识你的人，第一次见你就能够确定你是律师而不是推销员，便成功了一半。

**我的心得和大家分享：**

礼仪知识是律师助理必备的技能，它不仅能够帮助我们规范彼此的交际活动，也能更好地向客户表达自己的尊重、友好与善意，增进彼此之间的了解与信任。掌握礼仪知识，塑造个人良好形象；避免礼仪错误，提高自身竞争力。只有这样，才能真正做到——因为打领带，所以收费高。

# 处理好办公室关系

律师，作为一个极其自由的职业，在人们心目中是特立独行的一类人。作为律师助理，了解由这群拥有着独特个性的人共同构成的组织，显得十分有必要。先介绍一下律师事务所里的各成员。

第一，主任。就是律师事务所里面的老大、老板，主任很少直接办理案件，都是一些拥有各种社会资源，整天飞来飞去出入各种会所的人，在律师事务所常年见不到，通常只有律师事务所开全体大会的时候才会出现。现在也出现一些律师事务所的主任是职业经理人的角色，不办案件，只管行政。

我们所的主任王波律师，虽然很少在律师事务所里出现，但对我们所的状况了如指掌。他很少办理具体案件，这是律师发展到一定程度后的必然转型。

第二，高级合伙人。也是律师事务所的老板。一般都是解决案源的，业务能力、经济实力、人脉关系等都很厉害的一小部分人，他们协调各种资源之后将案件交给律师事务所专职律师做。

我们所有八位高级合伙人，我们亲切地称他们为“八大长老”，他们是律师事务所的老板，一般在所里也很少见到。

第三，合伙人律师。合伙人律师和高级合伙人的主要区别在于对律师事务所内部管理事务有无实权，是否需要承担无限连带责任。一般来说，合伙人都是挂个名而已，在律师协会注册之后便能在名片上印上“合伙人”，给客户看的。也有的律师事务所不分高级合伙人和二级合伙人，统称为合伙人。

我们所的合伙人都是做律师很多年的，基本都可以称得上是资深律师了。如果一个律师事务所都是青年律师，那么其整体的竞争力可能会比传统的老所要差。合伙人也会办理案件，基本上是属于走案源型的发展道路。

第四，专职律师，也可以称为提成律师，是律师事务所的中坚力量，一般负责办理具体案件，没有工资。收入是按照律师事务所的制度交完管理费后，每个月赚来的律师费中，交完税后剩下的那部分。

此外，还有的律师事务所有授薪律师，一般没有自己的案源，做律师事务所统一安排的案件，每个月律师事务所发固定的底薪，结合工作量可能还有一些提成，对律师事务所依赖性很强。刚刚独立的执业律师或者大所里面的非诉律师会选择做授薪律师，有一定案源之后再转变成提成律师。

有的律师事务所还有兼职律师，也叫挂靠律师，一般是高校老师。向律师事务所交固定的管理费，之后所赚取的费用全部归自己所有，各种需要以律师事务所名义出具的东西都由律师事务所负责。一个律师事务所兼职律师的多少在一定程度上来讲，也是律师事务所综合实力的象征，因为兼职律师需要律师事务所的品牌效应。

第五，实习律师和律师助理，不是每个律师都会带律师助理的，但也有的律师会带两三个律师助理。总体而言，律师助理的数量比律师要少得多。

另外，还有一些行政人员，如行政主管、网管、前台等，以及财务人员，如会计、出纳等。这些都是一个律师事务所必不可少的成员。还有的律师事务所可能会有专门的宣传人员、网络营销人员。

在了解律师事务所组织结构的基础上，应该明白如何在这一特殊的组织中处理好人际关系，这对于树立良好的个人形象，提高办案效率和办案质量，发展自我和提升自我显得尤为重要。如果是外派的律师助理，不在此讨论范围内。

首先，对于指导律师，任何时候都把完成交代工作作为第一要务，不能及时完成任务或者犯了错误时不要说假话。在某种程度上来说，律师助理作为新人，可以犯错，甚至经常犯错。我的指导律师就鼓励我“试错”，从错误中得到的经验、教训和技巧才能令人印象深刻。但这种错要在可控范围内，低级错误、不够仔细的错误和完全可以避免的错误就应该尽量少犯。特别注意犯了错误之后不要说假话，因为一旦养成这种习惯，将渐渐失去信任，少了许多机会。

其次，对于律师事务所的其他前辈，应虚心请教。刚踏入律师行业，相信很多新人都会抱着谦卑和好学的心态，这是前辈们非常愿意看到的。而在律师事务所，律师都是非常忙的，都有自己的事情要做，新人可以请教前辈，但不是说遇到任何事情都去麻烦别人。除了自己实在解决不了的事情或者拿捏不定的大事，不要随便去麻烦他人，有句话说得好：律师都是按小时收费的。

再次，融入大集体。当你确定在该律师事务所工作后，便要全力以赴地做好自己的分内工作，并争取融入这个集体。没有人喜欢在团队里天马行空、独往独来、好逸恶劳的人。要努力工作，表现勤快些，自己能做的就尽量多做一些，给人留下良好的印象。

我们有一次开律师助理主题沙龙，有一个律师助理在讨论的时候说“对于律师而言，同行都是竞争对手”，对此，我的观点是：“对于年轻律师而言，同行都是自己的客户。”换句话说，如果在大型的律师事务所工作，高级合伙人、合伙人、专职律师等前辈都可以当成是自己的客户，年轻人如果能够塑造一个专业的、尽责的、领悟力强的形象，将会得到很多的发展机会。所以，在律师事务所中，处理好与前辈之间的关系，多与同行交流是提高自己业务水平和社会交际能力的良好渠道，也是自己今后有效的可利用资源。

然后，谨言慎行。在与其他律师交流或进行其他交往时，不要随便讲指导律师办理案件的情况，也不要抱怨自己待遇的低下和工作的繁忙，这是作为助理必须谨记的一点：要知道自己是谁的助理，哪些话该说，哪些话不该说。

律师助理的工作虽然繁杂而忙碌，但不要经常在人前抱怨，没有人会喜欢跟整天发牢骚的人在一起工作，所以要谨言，只说该说的话，有什么事回家和父母、亲人分享去。律师是个必须时刻保持警醒和高度注意力的行业，虽说不是“战战兢兢，如履薄冰”，但起码得要慎行。律师都喜欢做事能干而谦虚低调的律师助理，多做事、少说话肯定不会错。

最后，做人是一切的根本。在律师事务所没有上下级关系，也不存在行政隶属关系，所以干得不开心随时可以换一个律师事务所执业，有条件的也可以自己创办律师事务所，这就是律师行业的自由。但是律师助理必须学会做人，品德非常重要，应当避免一些不良习气和作风，给人一种阳光、乐观、积极向上的感觉，不然去任何场合都是不受欢迎的。

**我的心得和大家分享：**

作为年轻人，学会如何做人，如何在一个集体中和别人友好相处，与学会做事是一样重要的。我大学的导师送给我的一句话，在此也送给大家：“在专业学术方面追求真理；在人际关系方面追求和谐；在人品修养方面追求崇高。知荣辱，知取舍，知进退，知足常乐。”

# 充分利用好时间

有一次，我和一位师兄畅谈，收获颇多。最颠覆我观念的便是，在他的眼中，没有所谓的双休日，也没有所谓的加班，必须二十四小时保持工作状态。因为现在所做的一切都是为自己而做，是对自己的未来负责，而不是为别人而干。他说，同样的道理，企业的老板是没有双休日的，只有员工才有双休日这个概念。因为老板是为自己而干，所做的一切都是自己的事情，想休息的时候就休息；而员工是为老板而做，所以心里只想着少干一些，早点下班休息。的确如此。如果在心里将自己定位为员工，那么就休息去吧，反正每个月拿着老板给的工资，干多干少都一样。人就是这样走向平庸的。

对于律师而言，时间是个很重要的概念，可谓分秒必争，所以才有了律师以小时计费的存在。另一方面，是由于没有人给律师发工资，律师只有自己干才能求生存。因此，在律师看来，自己所做的一切都是为了多赚些钱让生活更好一些，这股动力时刻鞭策自己前行。加班对于律师而言是很正常的，很多律师对此并无怨言，反而十分期望，因为赚多赚少都是自己的。有这么多案子和事情要做，上班时间做不完，下班了还得继续做，是好事。

作为律师助理，如果心里首先将自己定位为替老板做事的打工仔，可想而知做任何事情都是没有激情的，多做一点点都觉得让老板占了便宜，这样的心态很可怕。脑海里要始终想着为自己而干，这样做再多的事情也会毫无怨言；始终想着自己所做的一切不一定有回报，但是一定能够学到更多的东西；始终想着自己的每分每秒都必须充分利用，不断提升自我，为自己的将来做铺垫。这样的心态，对于和我一样年轻的律师助理而言，才是最适合的。

现在很多大型律师事务所都要求每个律师对自己每一个小时做了些什么事情提供了什么服务做记录，甚至精确到每一刻钟。有些律师助理对我抱怨说，自己也尝试过这样去做，不过写了几天就坚持不下去了，因为实在是不知道自己究竟干了些什么。自己面对表格都不知道该写些什么，实在是无奈，写了几天便觉兴趣索然而最终放弃。其实，时间就是这么一点一滴流逝的，不以人的意志为转移，既然我们对其无可奈何，好好珍惜和充分利用才是最好的办法。

“一寸光阴一寸金，寸金难买寸光阴”，谁都会喊这句口号，但真正时刻牢记并实践这句话的人又有多少呢？回想自己大二暑假在某市检察院实习的那一段时间，实在惭愧。工作过于舒适空闲，每天早上吃完早餐，就想着快些到中午吃午饭，午饭后睡个午觉，之后醒来，迷迷糊糊又想着快些到下午的下班时间。我觉得这样的工作会将一个年轻人所有的血性都冲淡、所有的梦想和志气都磨灭、所有的激情和干劲都抚平，让一个人不知不觉就安于现状，每天数着时间，看着不断翻页的日历，然后慢慢走向平庸。我当时就在想，以后我一定要充满激情，去做自己喜欢做的事情，追逐自己的梦想，这才不枉此生。

一直以来，我始终坚持一个观点：对于当下而言，每一天每一小时每一分每一秒都意味着不可重复的独特人生，只有通过孜孜不倦地朝着梦想彼岸奋力划进，才能倾力提升自我的正能量，尽情彰显自我的生命价值。我们都是平凡人，可能没有过人的智商和记忆力，但可以充分利用好时间，把上网和平时闲聊的时间都用来学习些新知识，充实自我。现在既然已经踏入了自己热爱的律师行业，就应打起十二分的精神，斗志昂扬地面对任何事情。珍惜现在的每一分每一秒，好好安排自己的时间，为自己而干！

**我的心得和大家分享：**

不想燃烧生命让年华虚度，那么就从现在开始，写下自己每一天都做了些什么，精准到每一个小时，自己每天有何收获，有何未完成的任务。不断总结，不断改进，坚持下去，会发现收获很大。

# 从律师助理走向实习律师

在律师行业追逐梦想，这一路走来，我相信大部分人和我一样，有四个兴奋的时刻：第一是知道司法考试成绩的时候，第二是拿到法律职业资格证的时候，第三是拿到实习证的时候，第四就是拿到律师牌的时候了。这些都是成长道路上的标志性事件，要想成为一名执业律师，这几步都是必不可少的。

我现在已正式成为一名实习律师，虽然早已在律师行业体验良久，收获颇多，感悟很深，却也期待了许久，真正要面临的时候亦不免小心翼翼。从一名律师助理到实习律师，真正印证了“路漫漫其修远兮”这句话。

大学毕业后到申请实习律师的空窗期，是律师助理的身份；等拿到法律职业资格证之后便可申请律师执业，就是实习律师，其实也算是律师助理。本文之所以讨论从律师助理走向实习律师，是就自己向律师发展的历程而言的。

所谓实习律师，也就是“申请律师执业人员”，甚至严格来说只能称为“实习人员”。言下之意，实习律师不是律师，充其量只能算是“准律师”，要拿到律师牌之后才能算是真正的律师。当然，其实很多人拿到律师牌之后也依然是做律师助理，只不过是以律师身份继续给资深律师做助理。

想成为律师助理、实习律师的同行，肯定是要通过国家司法考试的，因为起码得具备这个资格才算跨过一个门槛，才能往律师这个方向继续发展下去（有其他“道儿”的在此不作讨论）。

以我自己为例，我是2011年9月参加司法考试并通过的，但当时并不能拿法律职业资格证，因为必须要有毕业证书和学位证书才能申请。对2011年通过司法考试的应届本科生而言，2012年7月初毕业，2012年7月4日“广州国家司法考试网”出了《关于通过2011年国家司法考试的2012年应届本科毕业生申请授予法律职业资格有关事项的通知》。我在2012年7月24日提交了相关资料（毕业证书、学位证书、司法考试成绩单等）后，在现场（或网上）申领法律职业资格证书，但还只是申领阶段，之后便开始了漫长的等待。2012年11月20日该网站另出了《关于颁发2012年应届本科毕业生法律职业资格证书的通知》，2012年11月22日去广州市司法局拿到了宝贵的法律职业资格证。从毕业到拿到法律职业资格证就用了半年的时间，如果是在校期间未通过国家司法考试，毕业之后才通过的同学则需要更长的时间。

根据《中华人民共和国律师法》第五条第三款的规定，在律师事务所实习满一年是申请律师执业的必备条件。建议准备往律师行业发展的同行们，在拿到法律职业资格证之后，立刻准备好一切材料办理实习。以广州市申请律师执业为例，申请实习所需提交的资料很多，附在下面一一解释（资料来源于广州市律师协会网站）。

申请材料目录及顺序：

1.《广州市申请律师执业人员实习申请表》原件一份，实习人员工作简历及之前的内容必须电脑打印；

2. 执业纪律、职业道德及实习纪律水平测试答题卡原件一份；

3. 执业机构与拟实习人员签订的《广东省申请律师执业人员实习协议》原件一份（非划横线条款不得更改）；

4. 拟实习人员法律职业资格证书（正、副本）或律师资格证复印件一份；

5. 拟实习人员身份证复印件一份，非广州市户籍人员还应当提交广州市公安机关核发的居住证（受理回执）复印件一份，使用过曾用名、有出国记录的人员还须提供户口本复印件一份；

6. 拟实习人员本科以上学历证书复印件一份；

7. 申请实习人员大一寸近期免冠蓝色底彩照2张（粘贴于实习申请表格上）；

8. 拟实习人员户籍所在地公安机关近半年内出具的未受过刑事处罚的证明材料原件一份，如原件小于A4规格则应当将原件整张贴附在A4纸上；

9. 拟实习人员人事档案保管单位（司法行政机关指定的保管单位人才交流中心）出具的人事代理手册和缴费凭证（免费证明）等证明本人能够专职从事律师职业的材料复印件；

10. 拟实习人员最近一次离职单位出具的辞职证明复印件一份，如工作经历中有辞去公职的情况，仍须提供该辞去工作的文件复印件一份；

11. 申请实习人员与执业机构签订的劳动合同复印件一份；

12. 执业机构为实习人员购买社会保险的证明材料一份：购买社保的增员表（最近两个月内）或缴费证明（交至申请所在月份）复印件，或离退休证明复印件；

13. 其他材料。

第1项的申请表可直接在广州市律师协会网站下载，填好内容后打印出来，但很多人要么没有双面打印，要么就是格式有错误，这样的申请表律师协会是拒收的；第2项答题卡也是上广州市律师协会网站下载、打印便可，题目都是非常简单的，基本都能拿满分；第3项是申请实习人员所挂靠的律师事务所出具的，也有固定的模板；第4项法律职业资格证和第5项身份证、暂住证以及第6项学历证书提交复印件便可，第7项不能是穿制服所照的照片。第8项是最令人头疼的，有个师兄和我说他办理这个无刑事处罚证明用了大半年还没批下来，需要户籍所在地的公安局或派出所出具，建议提早去办理。第9项是南方人才市场出具的人事代理手册、人事档案保管合同和缴费凭证复印件，就是证明你的户口和档案挂在南方人才市场，并已缴费；第10项如果没有辞职便无须出具，实习前没有参加工作的，应提供毕业院校的派遣证（报到证）或劳动部门颁发的待业证复印件；第 11 项是律师助理和律师事务所签订的劳动合同复印件，一般律师助理和律师事务所都有一份；第 12 项购买社保的证明材料由律师事务所出具。

以上材料需提供复印件的，统一用 A4 纸复印。然后经律师事务所核对无误后签署“复印件与原件核对无误”字样，由核对人签名（一般是律师事务所的行政人员）并加盖律师事务所公章，再复印一份。同时，申请时须将全部原件递交主管司法行政机关核对。

广州市司法局对申请人提出的申请，根据下列的情况作出处理：（一）申请材料不齐全或者不符合法定形式的，5 个工作日内一次告知申请人需要补正的全部内容；（二）申请材料齐全、符合法定形式，或者申请人按照本行政机关的要求提交全部补正申请材料的，受理其申请，不收费。广州市司法局自受理申请之日起，在 15 个工作日内审查完毕，符合条件的予以颁发实习证。

从以上可看出，如果打算投身律师行业，从长远的角度来看，户籍最好是落在自己工作的地方，如果户口在外地，办理相关证明和手续会较麻烦。就广州的律师而言，必须把档案挂靠在南方人才市场，价格是一千多，包四年。

这些材料的准备十分耗时间和精力，特别是要一边工作一边跑去各个地方各个机关开证明。我有一个朋友是应届毕业生，毕业的时候申请了暂缓就业，所以档案留在了学校，为了把档案转到南方人才市场，在广州和成都两地跑了好几趟，用了近 3 个月的时间；还有一个朋友，也是应届毕业生，8 月进入律师事务所之后，开始了 3 个月的试用期，直到 12 月才买社保，要办理社保证明则要等到下一个月，申请实习便耽误了一些时间。

另外，找到正规的律师事务所对自己长远发展有利。据我了解，广州新成立不满一年的律师事务所是不能让实习律师挂牌拿证的；和律师事务所签署劳动合同也是必须的，同时要购买社保，因为这是申请实习的必备条件之一，就算条件再艰苦，也不要因眼前的利益而影响自己未来的长远发展。

仍以我为例，从2012年11月22日拿到法律职业资格证后，在一切准备妥当的情况下，可向市律师协会提交律师执业人员实习申请，市律师协会只有周一和周三才收材料，要注意把握时间。如果材料齐全的话当场受理，如不齐全还得一个一个补。之后就开始了漫长的审查阶段，我于2012年11月26日提交申请材料后，直到12月21日才拿到实习证。从实习证上面记载的日期即2012年12月21日开始算一年，则2013年12月21日可以结束为期一年的实习期。实习结束后并不意味着已经成为一名律师了，还需要通过面试、考核等手续，最乐观的时间是半年，通过重重考验之后才能拿到律师牌，这时，才真正称得上是一名律师了。

在这个行业，也许有一些人是在职挂牌的，也就是说，名义上在律师事务所办理实习律师手续，其实在别的地方工作。一方面可以有更高的薪水，另一方面也可以度过一年的实习期顺便拿律师牌。但是，这是违反行业规定的做法，如果被查处出来，后果十分严重，在此不建议应届毕业生采取这样的方式。

**我的心得和大家分享：**

不要临时抱佛脚，最好提前准备好一切材料，越早准备，越早行动，就越能领先，让自己在职业道路上走得更为顺畅。

# 第四章 发展篇

# 选择自己的业务方向

作为一名律师助理，就现在的工作内容而言，并没有挑三拣四的资本，可谓是“万金油”，来什么业务就做什么业务，指导律师做什么业务多，自己也就做什么业务多，一切工作内容都是围绕着指导律师转。但是，了解不同的业务类型，有针对性和侧重性地学习和掌握适合自己的业务，对于选择今后独立执业的发展方向至关重要。成功的律师往往都提前考虑清楚了自己未来的业务方向，并做好规划，不打无准备之仗。总体而言，最常见的划分方式是诉讼业务和非诉讼业务。

从进入律师事务所做律师助理，直到拿到律师执业证的这个阶段，我的建议是律师助理应该主要学习做民事诉讼业务。一般情况下，作为一名普通的律师助理，都是一没关系二没本钱，必须要脚踏实地，从小做起。民事诉讼案件是最为广泛的业务，可谓包罗万象：民事合同纠纷、劳动纠纷、交通事故索赔、离婚案件、继承纠纷等等。涉及的领域非常之广，包含了所有平等民事主体之间的财产纠纷和涉及财产的人身纠纷，标的也有大有小。一些标的额较小的案件，如劳动纠纷、工伤、婚姻诉讼等，数量相对较多，案件来源较为广泛，律师助理今后独立执业亦很容易在这方面拿到案源并大展拳脚。

做大量的民事诉讼案件，一是可以解决生存问题，律师助理拿到实习证之后，一般指导律师都会给提成，小案件做得多，创收也多，在生存方面就没有那么大的压力；二是民事诉讼案件入手快，干起来也有趣，先把诉讼程序摸透，再从程序到实体，能够理顺证据和相关的法律关系，基本就能培养自己的律师思维了；三是一个民事诉讼案件包括前期洽谈、立案、搜集证据材料、庭审、调解、执行等环节，一整套流程下来，对于律师助理熟悉办理相关业务是极有裨益的；四是在一个个案件的办理过程中形成自己的风格，积累更多办案经验，为将来的复杂纠纷做好阶段性的准备；五是能够在客户资源方面做积累，以便为自己将来的发展打好人脉基础。

办好民事诉讼案件是发展和维护客户关系的一个非常重要的途径。举个例子，某当事人为一个民营企业的老板，出现了一些纠纷，而你帮助他很好地解决了问题，维护了他的合法权益，他十分满意地聘请你所在的律师事务所为其企业提供常年法律顾问的服务，这是一方面的业务拓展；或者说他可能现在状况并不理想，但是几年之后异军突起，周边的亲朋好友有诉讼需要的时候推荐你，都是有可能的。所以说，用心办好每一件民事诉讼案件，就是为你的事业埋下一颗种子，都会有发芽结果的可能。

另外，我认为律师助理作为新人，不应该过早地接触刑事案件，一方面刑事案件的风险非常大，例如，某知名律师出事之后，他的助理也被牵连进去，这里不再去详谈其背后的原因；二是律师助理协助办理刑事案件，也发挥不了多大作用，会见当事人的资格都不具备，只能写一写法律文书；三是律师不仅仅只有通过办理刑事案件才能推动法治进程，我就知道有一名资深律师从不做刑事案件，但年创收丰富，经常做一些法律援助案件，维护弱势群体利益，通过办理民商事案件亦能维护法律的正确实施和当事人的合法权益。当然，在一位好师傅的带领和正确指导下，律师助理接触刑事案件，学习一下诉讼流程是必要的。至于后期的选择，则应根据每个人的情况而定。

并且，律师助理亦应学习如何办理非诉讼业务。随着我国法制的完善、人们法律意识的加强和经济的国际性交融，特别是在珠三角地区，企业家不再是单纯地追逐利润，与此同时亦开始注意法律风险防范，这促进了珠三角地区非诉讼业务的蓬勃发展。

以常年法律顾问为例，我简单划分为两种层次：一种是中小民营企业，一种是政府、国企、大企业等。一般而言，中小企业不会有自己的法务部门，有的会请常年法律顾问，有的没有常年法律顾问；对于国企和大型企业而言，一般会设置法务部门，可能也才几个人，处理日常的法律事务，也有可能没有法务部门，而是聘请律师事务所作为其法律顾问。

我们律师事务所除了对政府、国企、大型企业提供法律服务之外，做得较多的还有中小民营企业的法律顾问。有法律意识的、对法律顾问较重视的企业家，一般会聘请常年法律顾问，重大合同的审批、作出重大决策、重大商务谈判都是需要律师参与的；有一些顾问单位对律师依赖性较小的，就可能需要偶尔对几份合同审批，或者提供法律咨询、出具法律意见、提供几次法律培训等。

走专业化道路是现在比较流行的说法，今后不要再做一个“万金油”的律师，但不管独立执业以后是专注于哪个方面，诉讼业务都是律师助理成长的必要通道。因为诉讼作为一种最源远流长的法律博弈手段，它可以覆盖到法律能规范的方方面面，这就意味着它能够为我们带来更广博的信息和更完善的知识结构，这对于从事律师职业的我们是一个很好的历练过程。而非诉业务，如果从名称上理解，就是如何避免诉讼的业务。非诉是以诉为本，所以我们要先懂得如何诉讼，才能避免诉讼，或是在诉讼中占取制高点。比如说一份建设工程合同，作为发包方该如何做，作为承包方又该如何做，签证、预决算和中标承诺的判定等实际操作，不在诉讼中亲身了解，就不能得到全面的认识。所以，从知识性的先后来说，诉讼应为首。

律师助理要学习做非诉讼业务，但不用一开始就将其当作主要的工作内容。因为独立执业之后做非诉讼业务，压力会很大，政府、国企、大型企业聘用常年法律顾问有自己的固有模式，年轻的律师很难进去分一杯羹；而中小企业业务量较少，不一定有法律意识，很多也不会聘请常年法律顾问。律师界普遍都认为有一些更为高端的非诉讼业务，如IPO、公司兼并、投融资，这些项目一般都是另行设置专项法律顾问，收费可能较高，但刚独立执业的律师如果没有团队和过多的其他资源就更加是不用去想这些项目的。高端的非诉讼业务拿不到，低端的做着又太麻烦，而且存在一种不稳定性，无异于赌博。所以，就今后生存的优先性来说，学会做诉讼业务亦是为先。

并且，做非诉讼业务能够掌握基本的技巧即可，足以应对今后的工作。做律师助理的前两三年，基本要经常在电脑前修改各式各样的合同，坐不住的人会觉得索然无味。但积累这些经验是必要的，掌握了改合同的基本功，才能有机会发展顾问单位。当然，如果想要更深入的话，可以到企业蹲点两三年，然后专做该行业的非诉讼业务，实践中也的确有很多在企业做了几年法务后转做律师的人，这些人在该行业会有很大的优势。例如一个具体的交易方案设计，如果这桩交易你根本都摸不着北，对整个经营管理流程的风险一无所知，仅凭对合同法的理解去设计，很难成功。

不过，随着非诉讼业务的逐渐增多，估计大部分律师最后都会走上非诉讼的道路，市场经济时代下，人都喜欢往钱多的地方钻。并且，在很多律师对法治大环境失望的情况下，不愿意过多和检察院、法院打交道，诉讼案件则会渐渐失去市场。比如目前北京有一些大型律师事务所就以非诉讼业务为主导，基本上不做诉讼业务，律师事务所里面的律师收入非常高，但是从不出庭，主要做上市、外资收购、IPO 等高端业务，也从不在网上冒泡，属于闷声发大财的人。当然，这要看每个人的追求和价值取向了。

**我的心得和大家分享：**

对于律师助理而言，无论是知识储备，还是今后的实际生存发展，做民事诉讼案件都是最好的起点。

# 读研是发展自我的必需

在未工作之前，我一直在考虑，究竟是先工作再读研，还是先读研再工作?

思考良久，经过一位行业前辈的点拨，我找到了答案。从事律师行业，读研有没有必要呢，可谓是很有必要，但又很没必要。正如《民主与法制》总编辑刘桂明所说：“你想做律师的时候，不妨不要做律师；你不想做律师的时候，不妨做做律师。”

时至今日，研究生文凭已经没有以前那么弥足珍贵了。很现实地说，现在硕士研究生满大街跑，就算是读了硕士研究生出来之后，也不一定显得自己的学历有多高。况且律师是一个更讲究能力而不是学历的行业，还不如花两三年在实践上，多获取一些经验比较实用。从这方面看，读研很没必要。

但不可否认，研究生文凭的确是有用的，起码是进入律师行业的门槛。从很多律师事务所的用人情况可以看到，一般大型的律师事务所都喜欢招研究生学历以上的，法学本科生已经不吃香。当然，也不排除有些律师特别喜欢用低成本的本科生。但从长远看，研究生文凭还是必须有的。例如很多律师事务所都设定律师助理的底薪，通过了司法考试的就加200元，有研究生学历的加200元……这些无不反映出律师行业也是需要一些“硬件”的。从这方面看，读研很有必要。

其实，读研和一个人的家庭情况有密切的联系。简单来说，如果家庭情况挺充裕，经济压力不大，那还是直接进律师事务所工作比较好，毕竟实践远比书本上的知识重要，大可以在实践几年之后再看看有没有继续深造的必要。如果家庭条件不是很好，就算直接在律师事务所工作也是贴补不了家用的，能混饱自己就已经很好了。所以，这种情况还是努力考研吧，争取个全额奖学金，自己把学费解决之后，再找律师事务所实习，赚些生活费，这样还能为家里减轻一些负担。我是不打算考研的，所以在本科毕业后，我毅然选择了直接进入律师事务所工作，我希望早些参加工作接触法律实务，多获得一些实践经验，学一些书本上没有的东西。在律师事务所工作之后，我又一直在思考，从后期发展而言，到底要不要读研。

之前听人说过有些律师会在自己的个人简历里面造假，比如称是某著名政法学校的硕士生、博士生，或外国某知名法学院留洋归来。但这些事情无人去考究，因为现在存在太多学历、学位，让人分不清真假，这些不诚信的宣传亦缺乏规范。因此现在出现了大量充斥市场的研究生进修班，中国一些著名的政法类大学都会开设这样的进修班，免试入学，在很多大城市开课，上完之后便可申请学位证。虽然这不是全日制教育，没有学历，但拥有学位就足够应付很多事情了，学历不影响什么。又比如在职研究生，我上网查了一下，我国有五种在职研究生，有的可以拿学历证加学位证，有的只能拿学位证，有的只能拿结业证，这其中的关系纷繁复杂，没专门潜心研究过的人根本无法说得清楚。又比如很多人去外国镀金回来，称自己在某某世界著名法学院校留学归来，实际上都是自己编造的，连证书都是伪造的。此类情况数不胜数。

这些东西又有多少人能真正明白，尤其是对于客户而言，大部分不懂律师行业的人都会被表象所糊弄，而行内坚持诚信为本的律师往往对此无奈至极。就好比我看到一位律师在微博上仰天长叹：为什么有不少律师在自我介绍中说自己是“中华全国律师协会会员”？事实上，只要是我国的执业律师，均自动注册成为中华全国律师协会会员，按照常理，对律师而言，此“会员”的称号不值得标榜，这样的头衔行内人一眼就看得明白，但为什么有不少人特别申明是中华全国律师协会会员？这样的道理不言自明。

许多应届毕业生在毕业之际，都在执着于思考究竟该不该考研、要不要全日制脱产读研，在很多前辈的建议下，我选择了攻读中国政法大学的在职研究生，这样既能够提升自己，又做到学习和工作两不误。正如我在大学期间修读了金融学的双学位，毕业时拿到了两个学士学位证书，别的知识不多提，最起码学会的一些会计、财务方面的知识现在仍非常有用，能看懂重要的财务表格，如资产负债表、损益表、利润表等，在办理相关的案件和为企业提供法律服务时会用得到。同理，读研亦是提升自我的方式，能够近距离接触名师，再次感受学校的氛围，而且这个班的同学都是法律职业共同体中的同仁，这也是一种社会资源的积累。

打算读全日制的硕士研究生，并今后从事律师行业的同学，可以参照金杜、中伦等律师事务所的用人标准，以及参考国外知名法学院校的标准。

**我的心得和大家分享：**

律师是个很讲究实操性的行业，建议有经济条件的律师助理读在职研究生，一边积累实践经验，一边给自己充电，这亦是后期发展的必需。

# 必须有一个好的团队

有句话说“要么加入一个团队，要么带领一个团队”，对于长期在律师行业发展的人而言，应该思考有关团队方面的事情。

第一，团队的定义是什么？

在我看来，传统的律师事务所不是一个团队，而是一个平台或一个品牌，形象地说是一个农贸市场，有很多的摊位供各律师摆摊卖各自的货物，并且还会提供一些机会；一个律师带两三个律师助理也不算是团队，至少不会是一个很完整的团队。

我理解中的团队，通俗地说是律师事务所中的小律师事务所，是走专业化道路的部门，如果各团队成员之间的联系十分紧密，彼此间利益息息相关，区别于律师事务所；由不同角色的成员组成，发挥不同的作用，区别于老律师带助理。

第二，为何需要团队？

一个独自作战的律师，其成长历程无非是一部独家奋斗史。从熟悉业务到业务专业化，从市场开拓到客户维系，都是由自己一力承担，个中困难不消多说。在今时今日的律师市场，竞争对手的数量日益膨胀，低端业务收入低，高端业务门槛高，内交外困之下，这样的律师少有一个良性的发展环境，多是经过长时间的困顿期后才能立住脚跟。因此，团队作战的大趋势已经来到眼前。

第三，需要怎样的团队？

如果团队成员在团队带头人的领导下，每日打卡上下班，这样的团队跟公司没多大区别，甚至比律师事务所更没有吸引力。我相信待在这

样的团队里，大多数人最终的选择是离开。每一个有想法、不甘平淡的人最后都会作出这样的选择，除非自己就是老板。因为怎样切蛋糕由老板决定，你能接触到什么东西不取决于你，而取决于老板；很多时候老板给你端上来的菜不是你要吃的，而是老板要你吃的。

因此，团队必须是让人人都做老板的合作载体。我理想中的团队结构可大致分为四个层次：有广阔案源的资深律师，领域方向明确的专业型律师，在多个领域探索尚未专业化的综合型律师以及熟悉业务的实习律师、律师助理。整个结构呈金字塔状。

在这样的团队中，第一层次的资深律师不愁案源，但必然没可能事事亲力亲为，需要将一部分案件下放到有效的消化渠道，以便更高层次业务的拓展，主要负责解决案源，协调和沟通，监督和指导，传帮带式培养人才；第二层次的专业型律师，走专业化发展道路，需要获得更多与专业相关的案件，可以独立地应对自己专业领域内的具体案件，而且必须结束自己执业前期的“万金油”生涯，转移一部分自己的案件；第三层次的综合型律师一般是刚刚成长起来的年轻律师，办案经验少且案源难寻，则需要更多的机会办理案件、历练自身和增加收入，负责主办具体案件，并培养自己的特长；第四层次的实习律师、律师助理熟悉业务需要大量的案例实践，接触类别广泛的案件，负责协办具体案件，全程参与谈案、协办、文书工作。

团队结构能够平衡这些不同层次的需求，从资深律师到专业型律师再到综合型律师，案件会以一种层层筛选的方式下放，高端业务由资深律师牵头，中端业务由专业型律师负责，而低端业务留给年轻的综合型律师，最终形成一个纵向环流。除此之外，对于专业型律师来说，专业案源的吸纳、无关案件的转移，在第二层次里面形成横向环流。纵横之间，案件得到合理分配，同时实习律师、律师助理也能从大量的案件处理中熟悉不同业务。这样的团队规模可大可小，在有了一定的规模之后，可以打造一个更为完整的团队，即成员中可能还需要有兼职律师，协办一些案件及其他临时性任务，有行政、财务、网络营销人员等等后勤人员，通过团队协作，优势互补，让最适合的人做最适合的事，有利于发挥团队的最大效用。

而之所以说这样的团队是人人做老板，是因为可以将其理解为一个利益共同体，团队每个成员都是平等的，无老板和下属之分。也就是说，团队的薪酬制度起着至关重要的作用，创收和分配是律师在后期发展必须考虑的因素。有好的薪酬制度，团队才能吸引人才，留住人才。好的薪酬机制有以下特点：即按每个成员的业务参与度和付出计算提成，如按照案源何来、洽谈和接案、主办、协办、文书写作、指导的程度获得收入分配。律师不是打工者，律师的工作也不是为了领工资，所以才有“律师费”和“按参与度分配”这一说法。

有了好的薪酬机制，就必须严格执行。这一切都得看得见、摸得着。如果“画大饼”让人充饥，空给一个美好的愿景，充其量只是让人爱过之后说分手。曾听人说过某律师团队在招聘时抛出诱人的条件，但执行起来又是另一套，一来二去之后，“声名”便在律师行业传开了，之后再也无法在行业内招到人才，只能继续向不了解实情的应届毕业生高喊着“求千里马”。所以，机制重要，执行亦重要，因为这不仅仅是分配的问题，更是诚信和人品问题。

在分工明确的团队中，有资深律师传、帮、带，有专业律师解决具体案件，团队各成员都有时间和空间发展自我，最终会使资深律师业务更上一层楼，桃李满天下；专业型的律师得以走专业化道路，为自己的未来而打下坚实的基础；综合型的律师在不愁案源的前提下以各自的方式打造自己的品牌，不断开拓案源；实习律师、律师助理能够历练自我，学会办案技巧，团队整体创收丰富，分配适当，人人做老板。当然，这一切都取决于整个团队的案源和年创收、团队运作的机制和落实、团队各成员的认可度和参与度。

当然，这个理想的团队在很多方面都必须严格把关，方能发挥其最大效用。比如第一层次的资深律师必须作出榜样，年创收多少、社会关系和人脉资源如何、有何影响力等，都会影响到案源的多少及案源的优劣，也关系到整个团队的年创收；团队的成员搭配必须合理，例如团队中是些什么律师、资质和人品如何、资历浅的和资历深的怎么搭配；团队选拔人才的条件必须严格。步步严谨，才能打造真正有战斗力的律师团队。

**我的心得和大家分享：**

散兵游勇式的作战注定是要失败的，对于律师而言，必须要团队作战。创造一个团队，抑或加入一个团队，都需谨慎。

# 做好开拓业务的准备

律师助理不能以律师的名义单独办理案件，但每个人都有自己的资源和人脉，在助理阶段也许会有亲朋好友要求帮忙，这种情况下可以采取和其他律师一起合办的方式。本文讨论的开拓业务，是为拿到律师执业证之后的独立所做的准备。

案源对于律师而言，就好比空气和水对人体的重要性。随着整个法律服务市场从“卖方市场”向“买方市场”的转变、由“熟人社会”的个人网络向更广泛的社会商业网络发展，律师必将从传统的拓展方式向更为复合型的市场营销转化，这是市场经济发展的必然结果。虽然“营销”二字仍有很多律师不接受，并成为敏感词，但律师行业内关于律师是否应开拓业务的讨论并无争议。应当怎样开拓业务成为一个热议的话题，但不论怎样的形式都好，利用各种方式进行市场开拓必将会成为律师未来的工作之一，开拓的力度也必将会随着竞争的日渐激烈而不断加大。

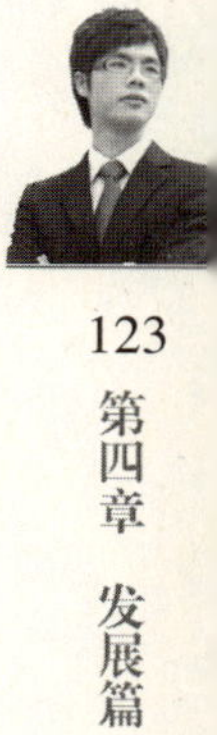



第一，要思考业务从哪里来。业务来自于认识你的人和你认识的人，换句话说客户就是业务，再细分一下业务来源，大部分律师的业务来自于以下几部分：朋友、同事或亲属的介绍；老客户的介绍；网络上的案源；常年法律顾问单位。这里暂不讨论授薪律师和公司化律师事务所的执业律师。

知道客户在哪里之后，亦应明白律师的业务来自于销售自我。而销售的关键在于律师的影响力，要想成就事业，必须扩大自己的影响力，律师之间最终比的就是影响力。比如说，现在做律师助理，能够每天接触形形色色的人，如何让别人记住自己，是一门很深的学问，如何用一分钟、三分钟、五分钟在任何场合都能够对答如流般介绍自己，让别人对自己有印象，这便是培养自己影响力的基石。

曾听一名做得非常成功的律师说他独立执业之后是如何积累人脉的，他的妻子拿了十万块钱给他，他信奉“请客是最为划算的投资”，然后独立的第一年就忙着每天请客吃饭，一年下来认识了很多朋友，进入了各种不同的圈子，之后案源就源源不断地来了。“条条大道通罗马”，这不失为一种拓展业务的方式。当然，“高危动作”请勿模仿。

我们作为律师助理，虽然没有这么多资本和资源，但要有这种意识。刚毕业参加工作的时候不要傻乎乎地只顾着上网，或者周末只顾着玩，多去参加一些商会、老乡会、同学会等等类似组织的活动，往人多的地方钻，充分利用好现有资源，扩大影响力，为拓展自己的人脉而做准备。

第二，新客户的开拓。开拓新客户归根到底是一种人脉和自身办案能力的体现，也就是说，为客户解决问题、创造价值才能换取等量的财富。业务在哪里？就在客户的需要中，客户需要的法律服务就代表着我们能做的业务。这需要自身具备较强的办案能力，机遇都是留给准备好的人，不要做着白日梦看着机遇从身边溜走，还抱怨着什么时候才轮到自己。

有顾问单位就意味着有了“案源池”。有个老律师向我传授经验，他有一个做了十几年的顾问单位，每年的顾问费才几千元。别人可能认为这样的顾问单位是鸡肋，他却认为是一个宝藏。因为该单位事情不多，平常审一审合同，一年也就去个三五次，和老板吃几顿饭。而留住顾问单位，那么该企业另外派生的案件和非诉讼项目仍然会找他做，这些项目是另外收律师费的；而且，顾问单位也是一块社会资源，企业老板会互相推荐业务。该律师最后说，年轻律师有两三个顾问单位基本上就能赚够一年的开支了。我不知道是否正确，这么说好像是希望顾问单位能经常有纠纷、打官司似的，但从另一个角度看，法律顾问单位对律师而言的确非常重要。

所以，律师助理在独立执业之后，在开拓业务的时候，重点应放在中小民营企业，努力成为企业的常年法律顾问。如果没有其他资源支持，就需要依靠自己扎实的专业基础和办案经验，精心准备法律服务产品，针对企业的具体特点设计更加完善的服务模式，跟同行相竞争，以自己独特的方式打动企业家。我们律师事务所基本上每位执业五年以上的律师都会有十家左右的顾问单位，所做的业务也主要是围绕和企业有关的纠纷，这是我们年轻人学习的榜样。

其实，每个人都有自己的资源和人脉，也有自己的发展模式。有一个律师助理曾对我说，他有些创业的朋友或同学，大家关系非常好，要不要去朋友的企业做常年法律顾问。我的建议是律师助理是不能够担任法律顾问的，可以免费帮助朋友的企业，但没有必要把他们拉过来和所里签常年法律顾问合同，只要保证在法律上出了什么纠纷他们第一时间想起的是你，这就够了。

第三，老客户的维系和开拓新客户一样重要，老客户的维系主要依靠律师的工作态度和工作质量。比如做常年法律顾问，非常关键的一点便是真正为企业提供有用的法律服务，并保持和客户沟通交流。

有一个民营企业的老板找到我们，说他之前请过一个律师担任企业的常年法律顾问，费用较低。但一年下来什么事情也没做，等到合同到期的那天该律师马上出现了，打电话问他要不要续签法律顾问合同，老板哭笑不得。转而找到我们，说费用不是最重要的，关键是能够为企业保驾护航、提供法律服务。其实，做好老客户的维护比开拓新客户要容易得多，开拓新客户就意味着从陌生到熟悉，直到认可和信任，这是一个多么艰难而漫长的过程！所以，要紧抓住现有的客户，用心服务，而不要吃着碗里的，想着锅里的。

在独立执业之后，可能会面临两种情况，一是没案子做，二是有案子不会做，所以如果未做好执业的准备，最好还是多积累人脉和经验。如果认为自己的专业基础已经过关，经验也足够，那么可以选择去做授薪律师，或者去公司化的律师事务所做专职律师，拿着固定工资，而不用考虑开拓案件的事情；如果是资源和人脉十分丰富，但是办理案件还是有一些不顺手，也很正常，在短短两三年的律师助理阶段没有可能将所有的案件都试一遍并学会，这种情况下可以选择独立之后和其他律师合作，如果能成为一名专门解决案源的律师，你会发现有很多律师愿意为你所用。

即使独立前期没能够开拓业务，也没有关系，千万不要失去诚信或者把话说得太满，甚至做事不择手段。这也是我一贯的观点，我不想渲染一种“关系、公关就是一切”的悲观情绪，在这个行业也许有一些律师面对当事人总是敢于打包票：“任何案件都能摆平，上面有人，你放心。”但年轻人应该以自己办理案件的能力为本，话不能说得太满，要懂得给自己留有余地，哪怕有九成把握也只是说可能会怎样，告知当事人最坏的情况，否则一旦遇到意外，你将很难下台阶。

即使独立前期没能够开拓业务，也不要瞎吹，律师只是为别人出具方案和意见以供选择，法院如何判，会支持哪些诉讼请求都是个未知数，现在的当事人都精明得很，动不动就投诉律师，如果律师把牛都吹上天，说不定会受到多方面的牵连，在哪天就出事了。

即使独立前期没能够开拓业务，也不要一有什么案子就接，要有自己的底线和原则。有些案子宁可不做，也不能降低收费标准，这涉及行业的游戏规则问题，必须得遵守。

律师行业有一句俗语：“三年不开张，开张吃三年。”对于新人而言，也许这是最好的安慰。前期积累一下，正所谓“风水轮流转”，说不定哪天就时来运转，一次性将前面几年的钱都赚回来了。

总而言之，还是要对独立执业有信心。年轻人要勇敢地突破，放弃对稳定薪水和律师事务所分配业务的依赖，直面法律服务市场，开拓自己的业务，才是长远发展之计。有一位刚独立执业未满半年的律师请所里的同事一起狂欢，庆祝其独立，他建议做了两三年的律师助理要勇于独立，之前做律师助理，就算底薪加提成也赚不了多少钱，而在独立之后和其他律师合办几个案件，两个月的律师费就超过了之前做律师助理一年的工资。

另外，伴随着人们法治意识的提高，现在普通民事、刑事案件的数量不断增多，人们都习惯请律师帮忙解决争议和纠纷，这就为刚独立执业的律师提供了空间，“大案没有、小案不断”也足以养活自己。目前广州有八千多律师，我个人认为广州的律师行业处在发展阶段，远未饱和。广州的流动人口都有一千多万，平均下来每一千个人拥有不到一名律师为其服务，有大量的弱势群体有法律服务需求而无人服务，有大量的小案件无人办理。

而且，可以预见到，还会不断出现新的业务，这些新业务因无人涉足，而为刚执业的律师提供了良好的发展空间和机遇。执业律师发展到一定阶段，则可以考虑走专业化道路，选择一个主要的发展方向，有选择性地办理案件，并适当提高收费，打造个人品牌。

**我的心得和大家分享：**

比同行早一步做好开拓业务的准备，就先向成功迈进了一步。

# 网络宣传不可少

曾有一名资深律师说过："营销无处不在。"我一直都觉得这句话十分正确。我大四实习的时候，跟随我的指导律师去参加过几次"律师营销沙龙"。看到一些因无案源而愁眉苦脸的青年律师，感叹律师行业生存之艰辛和竞争之激烈的同时，亦为自己的将来暗暗忧心。有一次在某律师事务所举办的"律师营销沙龙"上，我上台表达过自己的看法，并高喊出"学习营销，相信未来"的口号。"营销"二字可能让人感觉不甚好，就像卖保险的做推销一样，有技巧的律师现在习惯称其为"拓展"。在不断接触律师这个神圣行业的过程中，我认为掌握案件开拓技巧是律师必备的技能，网络宣传则是其中的方法之一。律师助理应该在工作中细心观察和学会一些小技巧，并尝试和摸索不同的方法，思考到底什么途径才适合将来的自己。

例如，做律师助理，不要过于强调自己是新人，往律师这个方向走，永远都要将自己当成专业人士，可以自称"主任助理"、"高级合伙人助理"、"合伙人秘书"、"专业律师助手"等。这不是吹嘘或自大，准确地说，是建立自我形象的一种方式。但是，如果现在是律师助理，那么在任何时候、任何场合都不要称自己是"律师"，因为在没有拿到法律职业资格证，或者在实习阶段未拿到律师执业证之前都不是律师，当然不能乱标。有没有相关人员监控律师呢？我不知道，至少这个行业需要特别小心和谨慎。

做律师，需要网络宣传吗？我认为是非常有必要的。那些认为律师用不着在网络上宣传自己并开拓案源的人，第一种可能是人脉广阔、案源十分充足，根本不用为业务发愁的资深律师；第二种可能是在观念上较为传统和保守，对律师营销的认识存在偏差的人；还有就是准备退休，不打算再做业务的律师。

传统的拓展技能加上新型的拓展方式会让律师的业务更上一层楼。比如，律师在网络宣传和拓展方面，建立自己的网站和实名博客，是不错的做法。律师可以通过网站开展电子营销策略，作为传统拓展案件的补充，网上能够接触更多的新客户，扩大市场。有一些大律师做得非常不错，由于律师的个人网站都是有关该律师的报道，内容都是自己编辑，对于塑造形象十分有利，对扩大名气和影响力也非常有帮助。另外，网站也是团队的一个载体，人多力量大，有团队的律师做网站会有非常好的作用。

做网站，经常会带来一些法律咨询。一般来说，在很多第三方法律服务平台上，律师面对免费的法律咨询，都是点到为止，最终目的还是想让当事人拨打他们的电话进一步详谈。我的建议是，在自己做的网站上，面对一些标的小的案件如关于合同纠纷、劳动纠纷、交通索赔等咨询，可以站在帮助他人的角度给予解答，能够帮到他们就是律师的价值所在，也可以树立律师形象，扩大网站的影响力。后期可以有针对性地做，只对一些疑难杂案、大案进行解答，做一些一般律师做不了的事情，案件的门槛就提高了。

做网站，也能使得自己被更多的同行认识。举个例子，之前有一个律师助理告诉我他是如何认识我的，他在网上搜索“律师助理”四个字，看到我写的一篇文章，然后进我的博客和微博，发现我是广州的同行。后来还问我有没有做网络推广，我说我没有做网站，就平时写了一些东西发在博客上，将自己一路走来的心得和体会真实地写出来，希望对律师助理有所帮助，也没想太多。可见网络对于律师而言，如能够充分利用好，将是一个非常好的工具。

有一些年轻的律师可能会尝试“网络推广”或者通过一些法律服务平台摇身一变成为某某地区知名律师、某首席律师、某推荐律师，不可否认这些都是一种网络宣传和开拓案源的方式，也的确适合案源还不饱和的律师。这种网络推广的方式通常需要一定的网络推广费用，可能确实能在一定程度上解决年轻律师的案源问题，但也有可能是没有任何效果的。值得思考的是，通过这样的推广方式带来的案源是否符合律师的内心期望?

做网站是一个长期、专注和持续的过程，短期内的效果不会很明显，如果想在短期内有所收益的话，原创网站不是最好的选择，可以和有一定影响力的成熟型网站合作，采取一年几千块以租卡位挂靠的方式或许也能有效果。原创网站有一个从小变大、由少变多、从不知名到知名的过程，这一切都需要长期的、不断的努力。因此，如果要做原创网站，必须着重于长期利益。如果成功，这就是一笔宝贵的财富。那么，一开始的小投入和后期的成效相比，就可谓轻于鸿毛了。

如果做不成网站，建立博客或微博也可以。通过博客或微博传播个人的知识、兴趣、生活体验和商品信息，是网络时代比较新颖的做法。市场上也有一些营销书籍，讲述营销七大法则、八大秘籍等等。出来社会做律师，我认为最好不要再带有学生思维，以为单单靠这个教那个传授，便真能成功。成功不能复制，实践出真知，自己动手才能丰衣足食，所以得实际行动起来。以下浅谈我亲身实践后对建立个人博客的一些心得:

第一，建立实名博客。为何要实名?做律师，如果连这个都无法突破的话，建议不要在网络上费太多时间拓展，最好回去采取传统的方式等案源来找上门。但建立博客有一个前提:必须学习和掌握某个领域的知识，并有效利用这些知识，这是成功博客的必备条件。如果自己什么都不懂，也没有准确方向和良好规划，便只能是东施效颦抑或自娱自乐了。

第二，用什么博客好?其实任何博客皆可，我用的是新浪博客和法律博客。众所周知，新浪博客和微博是捆绑在一起的，博客发何内容在微博上立刻同步发布，微博亦有直接通道链接上博客。此外，不仅是因为玩新浪博客的人数比较多，而且很重要的一点就是新浪博客平台较强，在百度排名很前，网络搜索关键词很容易就能搜到。而且，零成本便可获得搜索引擎的较前排位，确实是达到宣传目的的不错选择。举个很简单的例子，发一篇博文几分钟后，如果被收录，上搜索引擎打出关键词，便能在很靠前的位置准确地搜到该文章。

第三，博客怎么排版？从律师助理阶段有意识地树立走专业化道路的形象，虽然做的可能是“万金油”业务，什么案件都办理，但应有选择性地展示自我。比如业务上的三大诉讼可以挑一个民事诉讼，非诉讼业务细化为公司治理、人力资源、合同、知识产权、并购等方向，也可以加上上市、重组撑撑门面，从中挑选不超过三个作为重点；在博客上留下联系方式，如电话、邮箱、公司地址等。一开始我有所顾虑，怕隐私泄密，后来一想自己又不是什么名人；另一方面，在这个年头做律师，如果怕电话骚扰和短信轰炸，那就早点洗洗睡吧，别折腾这么多了。

第四，博客放什么内容？核心便是围绕自己博客的排版，多写各类原创文章发表，比如规范的法治时评、灵活的散文随笔，以及专业博文，发表的文章最好结合自己的职业。有清晰的定位，知道自己博客的受众有哪些，潜在的客户有哪些，以及什么时候该用通俗易懂的语言写法治时评，什么时候该用专业的术语撰写实务论文。比如说，持续性地关注某一热点问题，连续在一个月内发表十五篇以上的千字文，会成为这一领域的专家；当然，不论外界怎样认为，自己肯定对这一领域钻研透彻了。律师，作为专业人士，每遇大事件都撰专业文章，能吸引眼球而提升知名度，因此，建议业余时间不断撰写法治时评以针砭时弊，将法律知识运用到实践之中，并扩大影响。

还可以在博客上放上各系统法律法规等，并且及时更新，例如“2012 年司法解释汇总”，很多法律人士有需要。还有便是以写软文的方式树立形象，自吹自擂在任何时候都是不适合的，换句话说，一个人竭尽全力在他的网站、博客、微博等地方扯着嗓子喊自己有多棒，是没有多大效果的。因为这些在有经验的人面前都是十分苍白无力且很难令人信服的。专业的形象是通过大量的案例、文书或文章等等显现，而不是通过宣传和推广。不管如何，勤练内功，发声发文都有理有据、引证据法，写出有质量之文章绝对没错。

第五，博客有何作用？我的想法是：一是打好法律应用的基础，撰写相关文章实际上也是夯实基础和提升自我的途径；二是持续性地塑造自己专注和专业的形象，为将来做准备；三是留下一些奋斗和拼搏的痕迹，人这一辈子眨眼即过，要留下一点精神财富才不枉此生。我曾写过几篇博文，经一些大家、资深律师转载之后广泛传播，这也是对我的一种认可和鼓励。

有的律师认为“律师不能以个人名义单独营销自己，而应依托律师事务所做整体营销，并且是由律师事务所的专门营销人员来负责”，我认为对于有营销需求的律师而言，整体营销不是个好方式，因为律师事务所做营销没有可能突出每一位律师，而且对应的宣传必然会很少，所以还不如放手让律师自己建立网站和博客。当然，每一个律师事务所都有自己的游戏规则，如果加入其中，就应守其规矩，不然就是自找苦吃。

之前有一位资深律师告诉我，打造成功的博客需要做到：至真，即发表的均为原创、真实、真切的博文；至诚，即扬长言短、把激情和率真展示在大家面前；至专，即持续、专注，紧紧围绕自己的特长而写；至全，即同一领域，你博客的材料是最齐备的；至新，即相关领域的新动态你展示得最快。

我认为非常有道理。通过博客，不断展示自己积极的一面，通过各种不同的方式树立自己专业、专注的形象。不要写一些悲惨的故事或遭遇，抱怨只会让自己打败自己；也不要太暴露自己的企图心，比如满世界喊人请自己做法律顾问，要别人请自己打官司，这样一方面是收费上不去，另一方面会给人以浮躁的感觉，甚至可能会塑造成“皮条客”的形象，在自己的专业知识不扎实、基础不过关的情况下就跳过这一关奔着案源而去，会在律师道路上越走越偏。

要说明的是，建立个人网站或打造博客，不是做给具体案件的当事人看的。如果是为了忽悠当事人，或者为了炒作而不顾当事人利益，是不可取的。以前造就一名大律师需要三五年时间，现在需要的时间则更长了，甚至可以说中国没有所谓的大律师。而在物欲横流、人心浮躁的当下，在网络极其发展的情况下，在网络上造就一名“大”律师两年时间足矣。只要有正确的方法，别人会看到一个“大”律师的形象。所以，在律师助理阶段，在网络上宣传自己必须坚持以诚信为本，失去了诚信将很难立足，更别说以后做律师了。

还要特别注意：在网络上宣传，不能触及法律底线，对当事人、公司等相关信息应采用化名，对相关信息以技术手段包装一下，案件才可以在网络上展示。我个人认为一切都能为我所用，也有一些律师认为任何案件都不能在网上公开，即使化名为A公司B某也不行，这涉及保密义务，只对案件就事论事，当事人看到之后也能对号入座，所以有违律师的职业道德，也存在一定的风险；也有一些律师会认为自己的专业水平足够而不愿意走这条道路。其实，每个人都有自己的特点和想法，根据具体情况的不同量体裁衣才是发展之道。

总之，时刻树立打造博客的意识，平常看书时可形成读书笔记，或有感想时亦可发在博客上，发博文内容要围绕自己想要什么，然后纵深、持续地研究。做律师确实是专注、专致、专业成就未来，一切都需要踏实，需要时间的积累。

**我的心得和大家分享：**

没有建立个人网站或博客的律师如果有兴趣的话，可以尝试一下建立自己的网站和博客。从现在开始经营博客，如果目标明确，坚持几年，相信定见成效。

# 玩转微博小技巧

在人心浮躁的当下，人们静不下心来看书，不喜欢学习；在充满慵懒气息的社会，人们习惯了宅，习惯了靠手指点击以了解天下事；在时间如生命的当下，人们渴望简短精练，不喜欢长篇大论；在灯红酒绿的物质时代，人们慢慢将网络当成了精神上的支柱和寄托。而微博的140字小短文，迎合了这个社会，迎合了人心，也就迎合了市场。

毫无疑问，微博对于律师而言，是一个很好的展示自我的平台，现在很多不追求在网上拓展业务的律师都会玩微博，希望能利用好微博，塑造律师形象。当然，也有一些业务不饱和的律师将微博当成是拓展案源的工具，希望能利用好微博，在业务上取得突破。

我玩微博也有一年多的时间了，在感受其乐趣无穷的同时，亦深刻感受到其强大作用，现把自己的感想记录如下。当然，如果只为生活无聊沉闷，打发时间而纯粹是随便玩玩的律师助理，可一笑而过。

第一，我想看谁的140个字？我关注的除了好友、同学之外，大部分都是法律职业共同体的同仁，此外，还有一些法官、检察官和媒体朋友等。我很少去关注不认识的陌生人，也很少主动去关注别人，基本上我关注的人也关注了我。其实，做律师助理，从今后拓展的方面来看，最好的方式是加关注到两千，开了会员的可以加到三千，关注成功人士、客户、潜在客户等，不要太考虑自己的偏好。这样看到的东西就不会局限于某一领域，并且都是对自己有用的东西。

第二，谁看了我的140个字？一般来说，发的微博只有自己的粉丝会看到，而且还可能存在粉丝因关注太多或久未上线而没看到的情况；

当然，也有因发的微博质量好被广泛转载，从而红红火火被很多人看到的情况。目前我发的微博除少数几条有点影响力之外，大多数都沉下去了。

第三，发微博，就涉及怎样在微博上说话的问题。不能一句话也不说，也不要说太多整天刷屏，这样容易引起别人的反感。我一直都坚持发自己的原创微博，转发较少。因为玩得比较少，个人感觉在这方面做得也一般。最好的方式是适当转发、评论和互动。

做律师助理，应尽量不要在网上散布消极情绪，否则必然被自己打败。之前看过一个律师助理经常在微博叫苦连天，如加班多、工作累、辛苦、工资低、生活压力大等，这样不仅是客户看到会认为其信任感低，亦给同行一种消极和悲观的感觉。

第四，微博绝对是一个面子工程。很多人第一眼便是看此人的粉丝多少、转发量、评论量多少。我看一个人的微博极少关注他究竟粉丝有多少，这些皆是浮云。因为现在可用技术手段增加粉丝。做律师助理，如果是为了自我娱乐那就没必要，为了面子充充数也可以，而如果是为长远发展则必须考虑了，1 万“粉丝”也才十几块钱，整天有专门做“粉丝”生意的人发私信问要不要做微博推广。

曾有一名资深律师写过一篇文章叫“大律师装逼指南”，就提到“用技术手段保证微博粉丝超过 10 万”，虽然是玩笑话，也在一定程度上反映了现实。

第五，玩微博如何增加粉丝？不是说粉丝没有用，相反真实的粉丝很重要。最基本的就是上传自己的头像、填满资料、表明身份之类；然后每天至少发一条微博，别让人家感觉是个死气沉沉的马甲；坚持互动也是个不错的选择，转发、回复、评论之类效果也还好；如果你是帅哥或美女，那恭喜你，多发些图片吧，定能吸引更多目光；另外，我发现一个秘籍，并且是最直接的方法——加群，尤其是互粉群。这很简单，而且不用管理，这就和 QQ 群一样，加的群多了，总是有人主动来粉你。除此之外，不仅新浪每天会送一些自动粉你的小马甲，而且等你粉丝到了一定数量的时候自然而然就会不断增长。

什么样的粉丝是有用的？应该考虑自己想要展示给什么目标群体看。要清楚自己想在微博上得到什么，追求什么结果，针对的客户是什么样的。

第六，如果律师助理玩微博，并且想尝试将微博作为今后拓展方式之一的话，认证加 V 是必须的。现在微博采取实名制，很多人都反对，认为这侵犯了隐私权，但我不在意，因为我一直都是实名制。一般不在微博上发表过激的言论或违反法律的东西，就不用担心有谁会追究言论问题。我认为微博是一个好的工具，就看如何利用，我一直很喜欢新浪微博的其中一个原因就是只要实名制，连律师助理都可以认证。我不是名人或成功人士，但在很早之前就加了 V。并且认证方式很简单，单位开一份在职证明，自己附上身份证和名片之类的，就可以通过了。当然，如果你有熟人或别的渠道，啥证明也不要，一句话就搞定了。

事实上，我通过微博认识了很多资深律师，我大四时选择在广州金鹏律师事务所实习也有微博的功劳，还和很多律师助理成了好朋友，互相分享职业心得和办案经验。并不是说所有的资深律师都玩微博，大量的专业律师很少玩微博，他们把全部精力放在办案上，默默用心干实事，而很少在网上露面，因为不需要从网上寻找案源。也有一部分资深律师将微博当成塑造个人形象的一个工具，展示每天的动态和自己的思想。

第七，怎么在微博上找到对自己有用的东西并玩转它？推荐两个地方：一是微话题，看看微博上大家最近都在讨论什么，我一般针对感兴趣的热点时政问题，会在我的博客再写一篇评论文；二是微活动、微访谈。比如著名律师、知名学者的微访谈，近距离接触法学大家。

第八，注册自己的名字也是一个小技巧。我一直都尝试给自己一个信念，在这个行业做久了，迟早会成功的，所以提前把名字给注册了。因为现在是律师助理，我注册的是“邹盱旸”。未雨绸缪还是有必要的，万一一两年后想用此名的时候，才发现被别人占用了呢。另外，因为我名字比较特殊，我又注册了相类似名字，如“邹旭阳”、“邹盱旸”等，并在资料注明，通过此账号找到我的请关注“邹盱旸”，这样便于别人在打错我名字的情况下依然能找到我。

最后，要警惕的是不要成为“微博控”，在微博上投入太多时间和精力。不提倡做这样的狂人，一则浪费时间，每天都对着电脑在微博、博客、贴吧、人人网、QQ 空间等等之间刷新；二则这是舍本逐末的做法，把过多时间和精力放在拓展上，过于追求营销，而丢了自己的本行，毕竟专业才是今后立足的根本。

**我的心得和大家分享：**

生活就是一个大舞台，我们所做的每一件事其实都是在向这个世界进行自我展示。对于律师而言，更需要充分利用好现代工具，时刻抱有塑造和展示自我形象的想法。

# 后期发展的一些思考

在律师这一行业工作，经常会思考后期的发展问题。

第一，因为要做的事情太多，一定要有所计划。以我为例，2012年12月拿到实习证，开始了一年的实习期，2013年需要做的事情就更多了。在诉讼业务方面，基本上保证每一个民事案件都能全程协助律师办理，也可以接触一两个刑事案件，再熟悉非诉讼业务方面。每个律师助理都可以给自己定一个大目标，比如说一年协办10单民事案件、2单刑事案件，非诉讼业务方面跟进指导律师的5家常年法律顾问单位，并全程协助指导律师提供法律咨询、修改合同和出具法律意见等等。总体而言，在律师助理阶段要通过大量的诉讼案件，熟悉程序性和实体性的规则，锻炼律师思维，亦要通过大量的非诉讼业务，锻炼自己修改合同的基本功。前期应该低调，将心态放平和，不急于求成，无论面对大小客户、大小案件、大小事务都泰然处之，在努力的前提下按照正常途径将基础打牢，一步一个脚印，走向成功。

第二，努力积累自己的社会资源。律师是靠个人能力吃饭的，但律师亦要有广泛的人脉，“一个好汉三个帮”，就是说律师需要积累和利用好各种资源。在做律师助理的两三年内，要有意识地积累一些客户资源，多认识人和被人认识，整个助理阶段下来，看看自己派出了多少张名片，又收到了多少张名片；积累一些媒体资源，成功的律师往往都能借助和利用好媒体，因此应和媒体建立良性的互动关系；利用好指导律师的资源，一般来说，只要不是破坏性地使用指导律师的资源，指导律师都是允许的。

成功的律师应该是人际关系大师，加入各种社会圈子，有着广泛的影响力，这需要时间、金钱、精力、智慧、机遇等因素。一般而言，资深律师都有一系列的头衔，担任了一系列的职务，比如加入各级人大、政协、民主党派或社会团体组织，担任高校的兼职教授或硕士生导师等，仔细想想，律师其实根本没有这么多时间去履行如此多的职务，很多也只是挂名而已，但从某种意义上说，这是一种社会资源和人脉圈子的体现，也是一种塑造形象和宣传自我的方式。

第三，以律师的标准要求自己，做好独立执业的准备。以律师的标准要求自己，关键是在律师助理阶段培养律师的思维：能够将当事人的咨询成功转化为自己的案源，能够找到一个诉讼案件中的关键点在什么地方，能够时刻思考如何去打赢一个官司。独立执业的标准，就是能够完全单独地处理好指导律师交代的每一个案件。这需要在助理阶段有针对性地学习诉讼业务，在诉讼业务方面尽快掌握执业律师应当具备的相关技能，熟悉营销、接案、谈判、办案、结案一系列流程，并培养律师的思维。

做律师助理时，应该时刻想着以一名律师的标准严格要求自己，真正学到东西。但“天下无不散之筵席”，律师这个行业也没有永远的师徒，律师助理和指导律师的分开是必然的。独立执业后是离开指导律师还是跟从指导律师，是继续在团队服务还是另加入新所抑或建立团队？离开并不意味着背叛，不是相忘于江湖，再见亦是朋友。在本团队继续做下去，成为律师事务所的授薪律师也挺好，如有更好的平台，去别的律师事务所做授薪律师也是不错的选择，有能力的人甚至可以建立自己的团队。这都需要提早思考，准确定位，找准自己未来的发展方向。

第四，有关“过渡期”的长短。一般来说，从申请实习之日开始算起，用三年左右的时间做律师助理是最好的，如果努力并且稍微幸运的话，“过渡期”也可能只需要两年。因为律师执业证也仅仅只是代表一个资格而已，关键还是得看自身的能力。如果没有真正达到可以独立执业的水平，就算有律师牌，还是一样活得那么郁闷，甚至比原来活得更差，因为你可能穷到没钱交律师执业证的年审费。就算有律师牌，也只是个形式，忽悠工具而已。所以，“过渡期”的长短，因人而异，关键还得看是否有独立的资格，是否具备了独立的能力和案源的支撑。

有的律师事务所十分重视新人培养，投入的成本也非常大，所以相应地要求也非常高。比如说在签订劳动合同或者实习协议的时候要求律师助理在拿到律师执业证之后为该律师事务所至少服务三年，即继续在该指导律师的团队做事，或者在该律师事务所做授薪律师。这有好处，也有坏处，一方面是为年轻律师独立执业提供便利，另一方面也限制了年轻律师的选择。

第五，知识储备是后期发展的关键。作为律师，需要学习的东西太多，年轻律师必须不断学习。你可能会停止学习，但别人不会，和广州的同行相比，看看自己还有多大的差距。更要想着还有北京、上海等地的律师，如果有机会走出去看看，会发现有些律师的素质非常高、专业功底非常过硬。之前听过某律师在执业的前两年一直致力于海商事业务的研究，基本上没做一个案子，目前他的年收入以数百万计。

第六，为长期发展而言，需要懂得如何包装自我。律师是一份体面的工作，至少社会大众都是这么认为的，所以在外表上要做足工夫，有投资才有回报。如果穿得寒酸，没有一套名牌西装，开着一辆几万块的小轿车，抽着几块钱一包的烟，就只会给人一种负面感觉——你在这个行业混得不怎么样。在网络上，也要注意附上自己的照片、简介、联系方式等，定期更新一些博文或者成功案例，展现自己的专业素质、敬业的形象等等，这样可能会让客户更为认可。现在法律服务变为一种高端消费和一个面子工程了，明明是刚刚拿到律师执业证的律师都能够办理的案件，当事人偏偏喜欢找那些资深律师，心甘情愿地奉上高额的律师费。和医生这个行业差不多，年轻的医师往往被认为是没有经验的，有钱人得了一个小感冒也得找专家来诊断和治疗。

曾有一个律师笑称，和当事人谈案时候，即使内心再想接下这个案件，恨不得对方立刻签订委托代理合同交律师费，也要假装成办不办案件都无所谓，反正本律师案件都办不完，还在乎你这个小案件。这是一种心理战术，也在一定程度上揭示出律师在很多情况下还是需要“装”的。

第七，律师协会是个什么组织？从申请实习人员的时候就和律师协会打交道了，但很少人知道它到底是个怎样的组织，很多律师亦不愿意参与。我的建议是，从拿到执业证的那一刻起，自动成为其会员，今后亦不要和律师协会脱节，争取多参与律师协会举办的活动。不要埋头苦干，要多和行业接轨，了解行业信息和相关动态。

第八，多撰文，往《广东律师》和《广州律师》等内部刊物投稿。如善于写作，可建原创网站、博客或微博，并透过其与各地律师互动。对于律师应不应该通过写文章来扩大影响，我认为是可行的。能写文章、常写文章虽是作家的事，但做律师亦可利用文笔优势，总结办案心得，用满腔热血推动法治进程。

第九，塑造良好的个人形象。律师不是商人，不应该把物质财富当成毕生唯一的追求，而必须思考如何回馈社会，比如做一些社会公益，经常提供免费的法律咨询和法律培训，为贫困山区捐资助学，做一些慈善事业等等，既可塑造良好的个人形象，亦可维护行业的整体形象，促进律师行业的发展。年轻律师应多学习资深律师，把握机会，塑造良好的个人形象。虽然年轻律师能够做的较少，但可以作为一名维护社会底层群众利益的律师，每年做一到两起的公益诉讼，即维护社会弱势群体的法律援助案件，这亦是塑造律师形象的方式之一。事实上，现在法律援助处的案件已经变得非常抢手了，一般的律师比较难争取到机会，一两千块钱的补贴也要争得头破血流，可见律师行业竞争之激烈。

第十，当事人的合法权益放心中。无论任何时候，都必须坚持以帮助当事人实现合法权益最大化为执业的宗旨；透过对案件和法律全面而精准的把握，用心去办理案件，赢得当事人的尊重，进而体现律师价值。

很多律师认为“律师的执业风险大部分是来自他自己的当事人”，

“当事人才是律师最大的敌人”等等，曾有一位律师跟我讲他做一个风险代理案件，结果执行到位之后当事人不给律师费了，法院是直接把钱划到当事人账户上的，律师花了大量时间和精力，最后啥也没得到。在这点上，我认为只要用心办好案件，对得起这个职业就行了，当事人如何对待自己是另外一方面。

在当事人签了委托代理协议并交了律师费之后，很多律师就从“孙子”变成了“爷”，对当事人的事情不再那么上心，对案件不再跟进，也不与当事人沟通，这是今后应该避免的。任何时候都要将当事人的合法权益放在心中，客户是自己的衣食父母，收了费就应该办好案件做好事。不能单纯应付当事人，而要将每一个案件都当成自己的经典案例来办，全身心地办好它，体现律师的价值，维护行业形象。

此外，还需要思考的问题有很多，例如争取跟优秀律师合办一些大案并尽露风采，考虑如何做好网站、团队，如何解决案源，合伙人的地位等问题。律师助理必须时时在思考，这样才能真正成为有心人，在这个行业做得更好。

**我的心得和大家分享：**

“工夫不负有心人”，只要你有潜质、心态积极、有志向成为优秀律师，又能够选择一个好的律师事务所，跟上一个执业水准高、愿意认真指导你的老律师好好学习，苦耕数年，力免迷茫、浮躁、急功近利，扎扎实实地打好基础，规划好自己未来的发展，在追逐梦想的过程中，定能用自己的方式开创一片天空。

# 第五章 成长篇

# 与某师兄交流记

律师是一个十分自由的职业，没有固定的上下班时间，来去由己，因为自己就是自己的老板。

律师助理有师傅发工资，在师傅的直接指导下，还有正常的双休。我们所是一家管理极其规范的律师事务所，从不鼓励加班，原则上律师助理都过着朝九晚五的生活，这也正是“八小时内求生存，八小时外求发展”的必然要求。在工作之余有充裕的时间，才能做自己想做的事情，朝着自己的目标发展，驶向梦想的彼岸。

我非常喜欢和行内的人交流，碰撞往往能够产生智慧。某一个周末，和一位师兄聚餐。他大我几届，也在广州做律师助理。有时候想想自己这一路过得真顺利，大三的时候就过了国家司法考试，然后拿到法律职业资格证并申请实习，经过一年的实习期顺利的话就可以拿到律师执业证了。这位师兄虽说早就过了国家司法考试，也拿到了法律职业资格证，但中途因种种原因而未办理实习，至今仍然是做律师助理，每个月拿着老板给的几千块钱，每天都干着老板安排的活，极少有自己的时间和空间。

我们在大排档点了一打啤酒，就着一些烧烤边吃边聊。酒没喝开，互相问了问彼此的近况，毕竟许久未见，寒暄是必要的。律师是个比较奇怪的行业，有时大家坐在一起有吃有笑形同兄弟，说不定哪一天在法庭上就得针锋相对了。广州现在 8 000 多名律师，多少人曾在公堂上作为原、被告双方的代理人而对峙呢？当然，我想我们之间发生这种事情的可能性不大，因为专业不一样，走的道路也不一样。

酒过不知多少巡，他的脸有些泛红了，要我说说我出来社会工作之后遇到的一些事情。我说做律师助理有很多困难和烦恼，业务方面又不熟悉，在广州也没啥关系，还得师兄多开导开导。他很开心，对我说了很多真实的、有用的话，这也是今晚头一个小时的主题。我静静地听着，过来人总是有一些独到之处能够让自己学习的。

我说师兄，非常感谢您今晚给我的指导，感情深一口闷，先干为敬，您随意。他看看我，脖子一仰也干了。

转眼桌上就全是空酒瓶了，他的眼神已经迷离。然后说起他最近跟师傅办的一单民事案件，5 万元的前期律师费，4% 的风险代理费用。前几天去法院立案，跑了几趟都被各种原因给退了回来，最近一次备齐所有材料，准备妥当过去后，法官翻了翻说要立案可以，只能起诉一个被告，另一个被告不是合同相对人等等。师兄当场就发飙了，说你干吗不早说，这个被告不能起诉，那即使打赢了官司上哪去收钱。结果被法警给扔了出来。他说这几个人摆明了就是要玩我。我静静地听着，不断地点头，配合着骂几句法官。我也碰到过类似的事情，相信大多数律师助理也碰到过，其实也算是好事，要成长就必然要出丑，出丑才能成长，如果不出丑那每一天都是一样，没有进步。在一个地方出丑，就在那个地方爬起来，这样至少以后在相同的问题上不会犯同样的错误。

作为律师助理，其实应该习惯这样的事。这样的事不能放在心上，因为对方骂过你之后就已经不记得了，如果自己还牢记着，并以此来反复摧残自己，看到一个人就说一遍自己的遭遇和心酸，不断提醒自己，就成了别人情绪的牺牲品，成了鲁迅笔下的祥林嫂。没有什么大不了的，一切都是自己的心态问题。

他说到执行的问题，只能起诉的那被告已经是个穷光蛋了，即使官司打赢了也拿不到对方的钱。这话其实很在理，虽说是法治社会，但律师办案有三难，行政案件立案难，刑事案件辩护难，民事案件执行难。行政案件是俗称的“民告官”，要告的都是政府部门，法院想管也不敢管，何况上头还压着个政法委；刑事案件是检察院和律师对峙，所谓公、检、法一家亲，法院当然帮着检察院，刑事案件的律师辩护环境十分艰难；民事案件倒好，双方当事人都是“狗咬狗”，法院乐得参与其中，但执行起来该转移财产的就转移，一根毛都拿不到，实在不行就协商一下，调解一下，变成按揭付款了。

在酒精的作用下，我们谈话的声音变得很大，我发觉隔壁桌不知何时开始悄无声息，都竖起耳朵听我们讲话。他接着说小邹啊，律师这行的水太深，我们打刑案的苦啊，我就觉得和你投缘，聊得来，我们做兄弟这么久，以后也不多说啥客气话，都是自家人，一口闷了。我说师兄，我也真心希望大家都能混出来，苟富贵，勿相忘，吹了！

他去上厕所的时候我把账给结了，等他出来后我说先送你回去吧师兄，快九点了，明天还要上班。他摸摸口袋看看桌面，起身说：好，走吧。到楼下时他说小邹别送了，我自己搭地铁回去。我说我还是送你吧，打的士的钱我出了。他说不用不用，你这是瞧不起我是吧。说完趔趄而去。看着他的背影，我一阵心酸。

从岗顶走回来，一路上看到卖艺的流浪汉、跪着乞讨的残疾人、躲在角落亲热的小情侣、互相搀扶散步的老人们、行色匆匆的白领们，人们都在以不同的方式演绎着自己的人生。熙熙攘攘的人群，共同构成了这个灯红酒绿的社会。

回到家冲完凉，写点东西。上床睡觉，等着明天的日出。

上班，又是美好的一天。

# 与李律师交流记

做律师助理，和前辈多交流，往往能够加深对行业的了解，纠正一些错误的想法，学习相关经验，并更加充满激情地去面对工作。

前几天和我们所的李律师去佛山出差，一路上畅谈许久，深感收益颇丰。李律师在广州市律师协会担任要职，34 岁就带领一个十分有战斗力的紧密型团队，主要做外商投资方面的业务，是我们所的创收大户，亦是青年律师的榜样。

他对团队的管理非常有心得。进入律师事务所，从提供服务的对象来看，律师助理分为两种：一种是专职助理，就是只给他的指导律师一个人做助理，自己忙闲与否和这个律师的业务息息相关；一种是公共助理，也就是加入一个团队，很多律师都可以使唤，或者被几个律师一起聘请为助理，这种助理则会非常忙，因为所有的活都必须要干。

专职助理和公共助理要学的东西都是一样的，因为专职助理和公共助理是殊途同归的，最终都必须走向独立。李律师认为律师界盛传的“教出徒弟，饿死师傅”是因人而异的，所谓上行下效，不合格的师傅才会教出不忠诚的徒弟。律师助理如果有机会接受多个律师的指导，博采众长，会得到很大程度的锻炼。从这个角度看，公共助理或许成长更快。

而律师助理在做助理的两三年必须弄明白的就是自身定位问题，也就是要专业还是全面发展。李律师认为律师助理在前三年必须埋头苦干，专心做案件，将专业基础打牢，这样才能踏实地往前走；也有一些律师认为让律师助理放开做，全程参与每一个方面，放手让其成长，才是最锻炼助手的。

“不搞专业难发展，只搞专业缺案源”，这句话是形容律师的，也同样适用于律师助理。也就是说，如果在做律师助理的前期过多重视社交、拓展人脉，而没有打好专业基础，今后独立执业后只靠“忽悠”，这样过来的案件质量是一个问题，而且也不会长久；但如果在助理阶段只注重学习和办案，而忽视社交、营销，就意味着几年后独立之时无案可做，抑或只能靠其他律师不稳定地给案件合作，这种律师被称为“瘸脚”的独立律师。他们名义上是独立了，但无案源、少案源，整天提心吊胆，吃了这一顿，不知下一顿在哪，还不如继续做律师助理，至少有人发工资。

专业基础和开拓案源的能力对于律师助理而言到底哪个更重要？我的观点是专业基础是走向执业的关键。律师助理这个阶段需要解决的是经济上的压力和专业技能的匮乏，在保证解决生存问题的前提下，应打牢自己的专业基础。对于专业技能的提升，包括理论和实践两方面，这两者是相辅相成的，经常看一些专业书籍，然后在实践中锻炼。判断助理的专业基础是否过关的标准，便是当律师把一个案件拿给助理，助理能够完全靠自己处理而无须律师多过问。这个时候，该律师助理就有独立执业的专业基础了。但是，这个助理能否真正独立？

这就涉及开拓案源的能力，而案源何来？来自于信任。律师助理，在刚入道时无本钱、无房、无车、无人缘。如果一味埋头苦干，两三年后仍然是无本钱、无房、无车、无人缘，因为两三年的助理生涯不会对生活质量产生很大的改变。那么，要抓的当是“社交”。

当今社会都讲社交，我认为社交是案源的基础，实践中因社交而成功的律师数不胜数。当然，社交是一个非常广的概念，比如说请客吃饭是当下最划算的投资方式、最直接的社交。事实上，还有很多方法锻炼社交能力，比如多走出律师事务所，多和同行接触，学习其经验和交流心得体会；多和客户接触，弄清楚客户需求；参与到接案、谈判等，锻炼自己的口才和待人接物。

我的指导律师不仅让我全程参与谈判，有时候连收多少律师费也让我定，即使没能接下也无所谓。在接案的时候，不用担心犯错，要多试“错”，以后才能独当一面。

案源问题是律师行业厚积薄发的集中体现，它的回报周期很长。因此，在前期切勿急躁，工作时间需认真工作，将专业基础打牢；业余时间在社交方面多下工夫。两手都要抓，两手都要硬。

律师来去自如的独立性决定了老律师没有精力和时间来提携我们，律师的自由性决定了律师助理不能抱着打工的心态来工作，律师自收自支的挑战性决定了今后的一切都得靠自己开拓。

这个行业，需要我们充分发挥主观能动性。

# 与黄律师深圳开庭

某天和黄律师去深圳，准备第二天上午一个工程承包合同纠纷案的开庭。

这次我们路上的话题是“如何办理好民事案件”，相信这个话题无论老律师年轻律师、大律师小律师、男律师女律师，还是实习律师、律师助理都十分关注。当然，这样的话题也是没办法达成一致的。

曾在某次高规格的会议上听到一个“洞穴理论”的高招，有个大律师介绍自己的发家史：一开始独立执业没案源的时候，免费给10家企业做法律顾问，这叫做“洞穴理论”，当然，不是柏拉图的洞穴理论，而是律师营销的洞穴理论，即先占领阵地，撒泡尿表示是自己的地盘，为的是之后的专项和诉讼案件。乍一听，觉得这个办法还真不错，非常有新意，不失为解决年轻律师前期执业艰难的途径之一。后来仔细想想，免费做常年法律顾问本就有不正当竞争之嫌，是压低收费让行业受损；另一方面既已做企业的法律顾问，为何不全身心帮助企业规避风险，反而只盼着企业出点啥事，事后能捞多少钱呢？这与职业道德有关，不值得效仿。

实际上，协助黄律师办的这个工程承包合同纠纷案，我们也是以法律顾问的方式切入的。但是，承包合同是2011年2月签订的，我们于2012年3月份接受聘请作为其法律顾问。在提供法律服务的过程中，发现应收账款方面存在很大漏洞。出于维护其合法权益，我们向债务人发送了律师函，有的债务人本着诚信和长期友好合作的原则，即将欠款归还，而有的债务人就是赖着不给，一副你奈何不了我的嘴脸。

本案中，承包人与发包人签订《销售施工合同》，约定承包人承包广州某房屋铝木门窗加工和安装工程。根据合同约定，发包人应在合同签订后支付工程款的30%，安装完毕后支付50%，验收合格后3个工作日内支付20%。上述工程在2011年底已完工，且业主已经搬入房屋并使用。合同签订后，业主向承包人支付了前两期款项共计总工程款的80%。剩余20%的工程款经承包人屡次催付，业主拒绝支付，发包人已玩起了失踪。

如何在工程承包合同中设计相应条款保障承包人收回工程尾款是个值得思考的问题。承包人在收到工程的前期款项后即动工，完成整个工程并验收合格后，对方就是赖着不给，一点小零头嘛。这次我们过去就是得给这些赖账的人一点教训。

“维护当事人合法权益最大化”，不应只是口号。这个案件我们付出了较多的时间成本和人力成本，收取极低的费用，为顾问单位做了应收账款管理的专项服务。这次开庭，我和黄律师提前一天来到深圳，在此逗留一晚，次日开庭后又返穗，可谓风尘仆仆。

律师界存在这样一条名言：“律师应时刻注意自身形象，即使身无分文，也要气宇轩昂。”既然存在就有一定的道理，一方面律师个人形象的重要性毋庸置疑，从另一个角度看，每天打着条领带西装革履昂首挺胸地迈着大阔步，还要赚着买白菜的钱，操着卖白粉的心，想想都觉得虚。

事实上，在办理案件的过程中，我们也是不赞成“简单的案件复杂化，复杂的案件简单化”这种做法的。黄律师是一位极有正义感的律师，从他高大的身躯也可看出其一身正气，他一直都走着传统拓展案件之道，也正是因为他的正义、执着和专业，如今独立执业未久便有车有房，事业成功。

我曾在博客中写道：当事人咨询时，不要因当事人想急着了解律师报价而轻易告诉他这个案子的收费，而是要引导他先谈整个案件的情况，让当事人将所有案卷资料先扫描过来，分析疑难点，让当事人知道你已经熟悉并进入了这个角色，然后在当事人频频点头时，话锋一转：经研究，我们对你这个案件的收费是……

黄律师认为，在和当事人交谈时，要对当事人的陈述表示理解，并适当对当事人的“冤屈”表示一下愤慨，但必须要真正维护其合法权益。开庭时最好通知当事人来，以便让其感受律师为案子所做的努力。

作为一名“资深”的律师助理，未来应该如何走？我认为：穷则独善其身，达则兼济天下。

穷则独善其身。把自己所做的每一个案子当作一件产品来看，做自己的品牌，必须要把握产品的质量，才有塑造个人形象的基础，才能建立自己今后的营销网络。

达则兼济天下。每一个身边的人，都可以成为推广者。在力所能及的时候，要热情帮助身边的人，即便是免费。每一个人都能影响数百人，一个重要客户的周围就是另一大批重要的客户。帮助的人越多，影响的人越多，未来的前景便越广阔。我非常乐意无偿为一些人起草合同、参加谈判。因为，每一次无偿的劳动都是今天撒下的种子，都是未来的案源增长点。今天不发芽，总有一天会冒出来，开花结果。

# 拿法律职业资格证

2012 年 11 月 22 日，我拿到了法律职业资格证，还是和当初知道司法考试成绩一样，没什么感觉。要不要和大家一样拍个照秀一下，或者唱个 K，又或者喝个酒庆祝下呢，想来想去，还是说点什么吧。

20 日，我发了一条微博@广州司法局："啥时发法律职业资格证啊，东莞人民都领了，别这么淡定！一二三四五，我们等得好辛苦！一二三四五六七，我们等得好着急。"我在半年前写的《从律师助理走向实习律师》一文中提到"2012 年 11 月中旬可以拿到法律职业资格证"，并做了短期的职业规划。我多次安慰和我较好的几个律师助理说："淡定，忧郁的日子总会过去。"可我自己终于也不淡定了，不过还好等来了这一天。

22 日上午去连新路拿证，等待开门的过程中，我用犀利的眼神扫了排在我后面的人们。拿到证以后，坐在里面的凳子上发呆，看着不断涌进涌出的人群，摸着手里有着烫金国徽的证书，想着这个行业和我一样的人实在太多，市场是否已饱和。突然，有个穿西装的男生走过来和我打招呼，说是某所的助理，看我挺顺眼的，过来交流下。我一惊，转而又想行业人才多，我不也经常主动出击么。他朋友是个胡子浓密的大汉，也过来聊了几句，说也是"90 后"，我说呵呵，一看你就像"90 后"。男生就是容易成哥们儿，才几分钟就拍着胸脯说周末要来找我喝酒，我说好啊好啊，我最喜欢断片（喝醉）了。散了之后，想想刚才好像忘记派名片了，怎么喝？

走出大厅，门口仍排着九曲十八弯的长龙。听到一个人喊"邹律师”，我一边继续走两步，一边想着喊姓邹的，又是律师，还是女生喊的，难道是喊我？我一回头，看到一个美女向我跑过来，队也不排了。她说之前在微博上关注过我，很喜欢我写的东西，是一个做律师助理的同学推荐她加我的。我不是很有印象，当时第一反应是要不要保持双手摆在身后交叉，微笑地说："哦，万里长征只踏出第一步，今后还得继续努力。"转念一想，自己真丢人，啥时学会装模作样了，莫非是受大律师影响太深？我本身还是比较平易近人的，聊着聊着就熟络了，还约好了有空再见见，嘿嘿。

2012 年，总感觉有那么一些独特，连今届司法考试放榜和上届拿证都要在同一天。而作为一个拿到法律职业资格证的律师助理，2012 年，必须做点有意义的事。不是说拿到证就有资本了，以后走路就将头抬高一些。有意义，是说向职业道路迈出了关键的一步。

上午拿到资格证之后立刻回到所里，将早已准备好的材料递交。万事俱备，只欠东风。提交到市律师协会之后，如果申请材料齐全且不出意外的话，会在 15 个工作日内审查完毕，就等着拿宝贵的实习证。

玩笑到此结束，说点实际的话。拿到实习证之后，就意味着成为一名"实习人员"，不知"实习律师"这个称谓是否妥当。法律职业资格证于律师助理而言之所以宝贵，在我看来，不在于其称谓的改变，而在于这是走流程之关键。在校期间通过国家司法考试，与毕业后通过国家司法考试有很大的差别，在很大程度上影响一名律师助理的职业规划和职业生涯。实习的那天，是标志性的一天。往后计算一年的实习期，再用半年的时间等来更为珍贵的律师执业资格证。在这个可以用一句话形容的过程中，有多少人会因各种原因离开，有多少人能够坚持到最后，我不知道。我知道的是，人生注重结果，必须每天重复地自我暗示你的目标，写你的目标，想你的目标，才能坚持做下去，最终达到想要的结果。

律师这个行业，之所以说进来十个，要出去八个，便是这个理由。当初和我一起进金鹏律师事务所做律师助理的七位新人，现在只剩下我和另外一位男生，我们有着同样的理想。身边的人一个一个离开，然后一个又一个的新人进来替换，这不是恶性循环，而是行业的本质、行业的特殊性所决定的，是一种正常现象。

从律师助理走向律师执业要经历漫长的过渡期，如果没有人在失意的时候给予安慰，在失助的时候给予臂膀，在失望的时候给予信心，就极易动摇和放弃。尤其是大部分刚毕业的法科生，做律师助理都是跟某一个特定的律师做业务，刚接触律师行业经常会感到迷茫，或与外界的沟通较少，抑或专业能力不足而无法处理相关法律事务，抑或缺乏关怀。

基于此，我希望能够搭建广州律师助理的一个圈子，为律师助理提供交流平台，提升专业能力。我在投入律师行业之后写了很多篇有关律师助理的文章，将自己的亲身经历以及真实心路历程记录下来，分享工作经验。我亦希望，能够通过组织一系列活动，如组织专业研讨会、举行文化沙龙、邀请大律师开办讲座等，让律师助理不断得到培养和提升，更好更快地做一名合格的执业律师。

正如我在接受《新快报》记者采访时所说：不管未来的路有多曲折，既然选择了，就要坚定地走下去，不断努力，让自己的人生绽放光芒。我希望律师助理能够互帮互助，携手共进，有梦想的同仁能够有一个交流和分享平台，共同成长，共同实现梦想！

# 与客户谈判记

做律师助理，会经常参与和客户的谈判，也深感律师在接案的时候要做的工作很多。有案源或咨询，要将其成功转化为实际的委托，让客户签委托代理合同并交费，则需要谈案技巧。律师助理在锻炼自己的办案技能之外，也要学习将法律知识转化为生产力——回答客户的咨询，和客户谈案，接下案件，这是一个值得认真研究的问题。下面以一单盗窃案为例，整理如下：

第一，梳理信息，了解事件原委。这是和客户交流时必须做的第一件事，客户往往说出的都是一堆杂乱无章的信息，必须梳理和归纳总结，找到重点，这才是律师的思维。本案是一起盗窃案，其丈夫是犯罪嫌疑人。三个月前收到拘留证，但至今为止未收到逮捕证，犯罪嫌疑人现关在看守所。之前请过一个律师，但该律师什么工作也没做，也未与其做过任何沟通。于是其带着唯一的一份拘留证复印件就过来，打算另请负责任的律师。

第二，分析研究，展示专业水平。律师的办案能力是打动客户的根本所在。由于她之前请的律师未做任何实际性的工作，因此我们只能从客户口中得知一些较模糊的信息。据客户提供的资料和口述，犯罪嫌疑人涉嫌盗窃电缆，数额不明，拘留证上写的是涉嫌盗窃罪而非破坏电力设施罪。我们马上给客户详细分析了本罪的犯罪构成和本案存在的风险，以及律师介入本案后要做的工作、办案思路、处理建议等，其表示满意。

第三，给客户善意地泼冷水，拒绝不合理要求。客户说她之前请的律师说自己有多神通广大，能怎样怎样，多少钱把人搞出来云云，我说这些是不切实际的。她问我们能不能通过非正常手段把人放了，我们直接说不能，再补充一句，不仅我们不能做到，别的律师也不能做到。当然，我并没有贬损同行的意思，也并不是否认某些“神通广大”律师的存在，之所以拒绝这种不合理的要求，只是不想让客户对律师的作用期望值过高，如果业务超越了法律问题，便是在律师的能力之外了。我不忍让客户陷入更深的陷阱，不忍让其继续受蒙骗，从而对律师行业产生不好的印象。

第四，循序渐进，维护当事人权益最大化。客户问律师介入之后能否立刻申请取保候审、缓刑之类，我们向其坦言这些工作要一步一步来。现在还是侦查阶段，很多都是需案件到检察院和法院后才能做的工作，何况目前律师不了解情况也不好下定论。目前只能会见犯罪嫌疑人了解有关案件情况，向侦查机关了解犯罪嫌疑人涉嫌的罪名等，尽最大努力维护当事人权益最大化。

第五，收费合理，让客户满意。综合考虑案件的复杂程度、客户的家庭条件、收入情况等，我们介绍了在侦查阶段、审查起诉阶段、一审阶段的收费标准，并提出了总费用数目。我在旁边观察客户的表情，并及时作介绍及调整，最终的收费让客户十分满意，顺利签署了委托代理合同和授权委托书。

我认同一个观点：“大单做买卖，小单做人情。”大客户看重的是你是不是拿他当朋友看，帮他解决问题，所以不会太在意律师费方面；小客户求的是一分价钱一分货而已，而且往往会货比三家，这样的客户就应该给点人情，做口碑。当然，律师生涯，从来只有小律师，而没有小案件。办理的每一起案件，都必须踏踏实实地办好，以维护当事人合法权益最大化和法律的正确实施为目标。

对年轻律师而言，每一个案源都来之不易，每一次谈案的机会都难能可贵，因此要加倍重视。事前要做好充分的准备，比如查好相关的法律法规、相关案例，写出代理意见等。

在与客户谈案的过程中，律师的形象非常重要。首先正装是必需的，除非做律师已经做到了不需要靠形象吃饭的层次；然后与客户眼神交流时要保持自然，大方得体才能让客户产生信任感，客户很难将案件交付给畏畏缩缩的律师。

在与客户谈案的过程中，时间一定要把握好。对于律师而言，时间就是金钱，效率就是生命。律师是按小时收费的，一般这种案件要在一小时之内成功接下，是你的跑不掉，不是你的求不来。

在与客户谈案的过程中，作为一名新人，如果遇到自己不懂的东西，不要轻易下结论，可以坦言自己不懂，但不要不诚信。律师不是全能的，法律法规浩如烟海，一定不能信口开河，误导客户。

在与客户谈案的过程中，第一次见面最好不要谈费用，除非当事人主动提出；如果聊到收费方面，应结合案件的复杂程度、难度和工作量，提醒客户注意工作质量和办案效果；提供类似案件的收费方法；通过不断的沟通，及时调整费用。

成功的谈案应是：在与客户沟通交流过程中，树立律师的专业形象和律师事务所的服务品牌，适当打造个人品牌；了解客户的问题，用正确的解决方案和途径满足客户对法律服务的需求；取得信任，最终形成委托。

# 实习律师要三思

北京一名30岁的实习律师王某，在法院门口揽活，独立办案，代理了一起名誉权侵害纠纷，并收取了当事人姜某3 000元的费用。而在与当事人的交涉中，当事人报警，王某被警方抓获，后被海淀区检察院以涉嫌诈骗罪为由提起公诉。2012年3月1日，法院裁定准许检察院撤诉，该实习律师被释放。

王某在被抓获后表示认罪。并认为退回3 000元，认个罪就能出去了。

王某的辩护律师提出：王某经常在北京一些基层法院门口揽活。2009年3月，王某在法院门口接谈一笔业务，为姜某办理其名誉权被侵害事宜，并收费3 000元。此后，王某写了相关材料，并去两个妇联机构为姜某投递材料，反映姜某被侵犯隐私权的问题。后因姜某家里有事，没再要求王某继续办理。

2011年4月，姜某打电话给王某，想让他退还一部分费用。双方见面后，姜某的儿子把王某抓住并报警。警方认为构成诈骗，于4月18日对王某刑事拘留，后检方以诈骗罪提起公诉。

检察院提出：①在与姜某的交谈过程中，王某故意模糊自己实习律师的身份，令姜某认为其是正式律师，有权限独立办案，在未给姜某办理任何正规手续的情况下收取相关费用。②王某在收取姜某3 000元并答应为其代理官司后，仅同姜某到现场去看过一两次，在此之后长达两年的时间里，王某没有与姜某联系过。在王某的口供中，他分别承认过不知道官司的被告是谁，以及其认为按姜某所说官司根本不可能打赢，就是觉得姜某年纪大、好骗。

多名法律界人士认为王某最多是违规，并不构成诈骗罪。王某在案发前后经常为他人提供法律服务，没有诈骗财物的故意和必要。王某代理姜某一案，只是他代理的多个民事案件中的一个，是正常的代理活动，不是诈骗。这些民事法律代理活动都要收取一定的劳务费，他是以此为业谋生的。实习律师证上注明“持此证者不得独立承办律师业务”，只是实习律师的纪律规定。王某违反了纪律规定，但并不构成犯罪。



针对本案，我从以下几方面展开分析：

一、王某是协助工作还是独立工作，是个人行为还是职业行为？

本案中王某私自收费，且没有办理和出具正规手续，属于个人的私下行为而非律师事务所的职业行为。王某并不是以个人身份，而是以律师身份进行上述行为，令姜某认为其是正式律师，有权限独立办案，王某所做的不是实习律师的协助工作，而是以律师名义的独立工作。

《中华人民共和国律师法》第十三条第一款规定：“没有取得律师执业证书的人员，不得以律师名义从事法律服务业务。”实习律师尚未取得律师执业资格证，不能独立办案。因此，王某作为实习律师不得以律师名义从事法律服务工作。

检察院正是凭以上几点将王某的行为定性为隐瞒事实骗取他人钱财的行为，以入其诈骗罪。

至于本案究竟是违纪还是犯罪，考验的是证据和办案人员的智慧。

二、公民代理能否收费？

《中华人民共和国民法通则》第六十三条规定：“公民、法人可以通过代理人实施民事法律行为。”根据我国的三大诉讼法的相关规定，我国的法律服务市场并未实行职业垄断，而是面向整个社会开放的，只要具备了诉讼行为能力的人都可以担任辩护人或者代理人。

1997 年的《中华人民共和国律师法》第十四条规定：“没有取得律师执业证书的人员，……不得为牟取经济利益从事诉讼代理或者辩护业务。”这条规定在实践中成了公民代理不能收取代理费的“法律依据”。

2007 年的《中华人民共和国律师法》第十三条规定：“没有取得律师执业证书的人员，不得以律师名义从事法律服务业务；除法律另有规定外，不得从事诉讼代理或者辩护业务。”

对照可知，两者都规定没有取得律师执业证书人员不得以律师名义执业或从事法律服务。但 1997 年的《中华人民共和国律师法》还规定没有取得律师执业证书的人员不得为牟取经济利益从事代理或者辩护业务，也就是说即使不以律师名义执业也不能为牟取经济利益从事诉讼代理或者辩护业务。非律师人员作为代理人为当事人提供法律服务的，不能收取委托人的任何费用，即这种公民代理必须是无偿的。可是在 2007 年的《中华人民共和国律师法》中却将这个不得为牟取经济利益从事诉讼代理和辩护业务的规定删除了，对公民未以律师名义进行的有偿代理并没有明确的禁止性规定。如此一来公民作为民事诉讼的当事人的代理人，收取费用并不违反任何法律规定。

三、对没有取得律师执业证以律师名义从事法律服务的人怎样处罚？

《中华人民共和国律师法》第五十五条规定：“没有取得律师执业证书的人员以律师名义从事法律服务业务的，由所在地的县级以上地方人民政府司法行政部门责令停止非法执业，没收违法所得，处违法所得一倍以上五倍以下的罚款。”

没有取得律师执业证书的人员以律师名义从事法律服务业务的，其应受到行政处罚，而不是刑事处罚。

王某出狱后，认为他收钱帮姜某维权，既不是实习律师私自代理案件，也不是诈骗；并打算提起国家赔偿，要求检方对其从 2011 年 4 月份被羁押到 2012 年 3 月被释放的近 11 个月的错误关押行为承担责任。

从本案来看，实习律师“很受伤”。而近两年打压律师的现象也层出不穷，难道真的意味着国家在对律师“赶尽杀绝”？

我想不是的，首先我不认为此事件是一个律师的执业行为，然后上升为律师保护高度，并不是像宣称的“如判决有罪，将对律师和公民正常提供法律服务活动产生巨大负面影响”；其次，发生打压律师的事件没有必要将整个律师行业捆绑起来，让人人以为律师业到了穷途末路的时候，事实上中国二十多万律师赞同此观点的亦会是少数；再次，不能排除是要起到震慑某个群体的作用，亦可能是律师业面临重新洗牌，或清理某种律师；最后，大量非律师做代理人、做付费法律服务，需清理法律服务市场，需准确定位。

回归本案，该实习律师有自己的苦衷和无奈，这亦是十分现实的问题。实习律师需经过一年的实习期，存在待遇差、无“五险一金”等问题。此外，更有众多律师认为培养实习律师耗费大量人力、物力、财力，呼吁要少给或不给实习律师工资，这对于条件本就艰辛的实习律师而言就更加雪上加霜了。实习律师为生活所迫，有时亦不得不铤而走险。

但是，这也不应该成为本案的理由，毕竟法律是无情的。不管怎么说，王某由于提供服务过程中的不规范操作，存在明显的硬伤。我们不能过分地期盼一些不良的甚至是违背法律的社会行为，会通过行业规范而得以消除；亦不能过分地依赖某些行业规范去调整该行业中出现的“擦边球”或者是违反法律的行为。

关键是要规范好自己的行为，如遵守《中华人民共和国律师法》、《律师执业管理办法》和其他有关法律、法规的规定等。正己才能服人，律师要提高自己的形象和素质，只有从自己做起。

此案过后，留下的，更多的是反思。

# 第六章 律助心声篇

# 茫茫法律路

广州金鹏律师事务所律师助理　黄飙涛

是继续奋斗考取研究生，还是直接进入社会？这是我 2012 年考研落榜后所困惑的问题。研究生生涯能积聚更多的学问，完善法律知识结构，同时又可以有更高的起点；若然去工作，即使艰辛，亦可更快成长，更早独立。象牙塔里的生活让我遭受到理想与现实不能够并存时的思维冲突，几度茫然，几度沮丧。但人毕竟是要作出选择的，几番思虑之下，我作出了决定：与其面对来年未知的考研分数，何不放手用这几年闯上一闯？于是乎，我选择了当律师。

选择律师这个行业，说起来是因为我钟情于不同人群的相互交流和喜欢研究规则的性格，亦是因为向往自由，向往无拘束的生活。理想中的律师生涯正好。起初对这份职业的想象是随时上班随时下班，西装革履风度翩翩，有充裕时间读书，偶尔还能抽空去旅旅游，轻松惬意，快乐无边。

事实却展现了另外一种美好。

我从 2012 年 6 月毕业之后，走到现在，已有半年时间。对于大律师来说，我是浅薄无知的，但反顾自身，这短短半年无疑是人生中最为深刻的一个脚印。工作伊始，我对所要从事的工作几近一无所知，犯的错误啼笑皆非、不堪入目，为此忧虑万千，烦恼不堪。我愈加谨慎，却愈加容易出错。常常为一个法律问题绞尽脑汁，却不得其门而入，又耽误了案件进程，我试着提高效率，弄出来的文书又东拼西凑，毫无章法。我的老师看在眼里，在吃饭时宽厚地说："谁都知道你是新手，不会苛责你，我们都有属于自己的压力，都需要去寻求属于自己的社会位置，不用想太多，你做好你的事就行了。"

我蓦然发现，律师生涯并不是想象里的自由王国，作为律师，首要条件就是生活在规则约束之下，才能在规则下寻找自我的生存、自由空间。我了解到，刚出道的律师有很大的工作压力，真是要用挤一支空牙膏的力气来空出时间，每天都要为不同的当事人和案件来回奔波忙碌，为案件的突破愁肠百结。但越深入工作，越是觉得律师行业的自由并不等同于无所事事随心所欲，而是一种法律上的精神自由，一种规则中的自主筹划；越是觉得律师这份职业蕴满意义、饱含希望，能够助人于困境，力挽狂澜于不倒，岂不是侠之古风？

时至今日，我已经摆正心态，接触到更辽阔的空间，愈加有一种为事业而奋斗的快乐。诚然，律师助理的生活压力很大，会担心未知的前方，会忧心自身的不足，但每天面对新鲜事物的愉悦和解决困境的开怀都是不可替代的，不是吗？相对于现阶段的收入，我更注重自我的发展，一味的锱铢必较，都是对往后事业的悭吝。事实上，从过往的患得患失到现在高昂而平和的生活状态，其中的每次挑战都能让我回味不已，并令我乐此不疲地投入到下一次挑战之中。与此同时，高兴的是我结识到了很多志同道合的律助朋友，从中收获良多，为此更坚定自己的方向，其中就有我的好兄弟邹旴旸。

旴旸给我的第一印象是谦逊而自信，有想法又脚踏实地。我第一次看到他的博客时，着实震惊了一把。洋洋洒洒十几万字，在我悠悠闲闲地喝咖啡看书之时不知不觉地形成。我既是惊讶，也有羞愧，虽不至于捶胸顿足以头抢地，但心中也警醒自己以前事为镜，踏实做事。从入职到现在，我和盱旸相处已有半年。半年来我们一直相互勉励，相互扶持，同时也深深了解到这位友人心中对法律有种常人难以企及的热爱和有敢为天下先的魄力，并相约一起为这份事业奋力开拓，添砖加瓦。

我们相信，今后的法律必将愈加完善，愈加契合社会的发展，国人必会更信任法律，崇尚法律，这是不可阻挡的历史洪流，顺理成章的社会进程。但，我们不能光是翘首以待，作为律师助理，更应走出自身的窠臼，更应精修技能，提炼自我，为律师行业、社会法治尽一分绵力，希望我们律师助理能够始于足下，同踱千里之行。

今后的道路，未知而漫长。唯以鲁迅先生的一首诗共勉之："灵台无计逃神矢，风雨如磐暗故园。寄意寒星荃不察，我以我血荐轩辕。"

# 大城市，小助理

广东立方律师事务所律师助理　任勇波

提笔算来，我从事律师助理已经将近两年了，即将面临执业。毕业后我先在公司从事与法律无关的事务，后心有所系，辗转进入律师行业，可谓是一波三浙。的确，作为刚通过司法考试，准备进入律师行列的新人，确实对于这行业充满了太多期待和迷惘。期待凭借自己的才学在行业内有所建树，期待能真正实现法律的公平正义，期待能赚大钱、赢得亲朋的尊重，然而，却迷惘于对实践一点都没感知的自己该往哪走？该怎么走？

律师是个半脱节的行业，你所学的不一定能在实践中用到，但在实践中用到的你必须从头开始学。同时，律师也是一个师傅学徒的行业，如果你没有师傅引导你，你的成长期至少会比同一批的实习律师延长1至2年。毕业找工作是残酷的，毕业后从事律师助理的工作更能让你感受到什么是“苦其心志”。来自于经济，来自于孤独，来自于工作，总会让你产生放弃的念头（当然考虑到了律师协会对入行新人的不作为因素）。只有真正热爱的人，才会不离不弃！

我的律师助理生涯没有幸运，没有光彩，相反，是充满了辛酸，至少是自己慢慢地，一步一步地琢磨着走过来的。在这里，我并不是诉说

自己多么坚忍不拔，多么悲惨，我只是将自己的一些经历写下来，希望能帮助新入行的律师助理，让他们少走一些弯路，多一些历练，这也是我和盱旸成立“广州律助工作小组”的原因。我从以下几点来讲述，希望能对你们有所帮助：

一、找什么样的律师助理工作

当你毕业时，你可能会面临着做律师还是做公司法务的选择，这两者的区别我就不再赘述，两者没有绝对的优劣，兴趣使然。从事律师助理工作，找什么样的律师事务所并不是重点，关键是找什么样的律师助理工作。大所有大所的优势，小所有小所的特点，二者没有必然的优劣。对于律师助理这项工作，我把它分为以下四类。

案源开拓型的律师助理，我认为就是垃圾（凡事没有绝对，仅陈述个人观点）。一个律师要招案源开拓型的助理，说明他自己业务少，连饭都吃不饱，要招一个助理帮他解决自己的温饱，当然这是提成制，没有底薪的。这样的律师是很危险的，因为你是在将你的时间花在跑销售的工作上，而不是用在自我的成长上。律师的业务少，你得到成长的机会就少，这对你来说没什么裨益。当你作为一个律师，基本功都还没夯实时，你却在做一个成功的大律师该做的事情，这无异于舍本逐末。这样的律师是对我们新人的迫害，至少是不负责。

案件协助型的律师助理，对你的成长是很有帮助的。至少你不会担心得不到锻炼的机会，因为诸多的案件会逼着你成长。这样的律师助理工作是在你成为一名合格律师之前必须要经历的成长历程。当然成长过程是枯燥的，是艰难的，因为你面对的是诸多的经济、工作、生活等压力。但是你的经验在繁琐枯燥的工作中得到一点一滴的积累，这些经历对你执业后的生涯将会产生重大的影响，你会在以后的工作中不知不觉地用到你所学的、所见的知识。当然，这样的工作并不是每个从事律师助理行业的新人都能碰到的，还需要经过自己的努力。或许你已经身在其中而不自知。

业务秘书型的律师助理，他的工作一部分是秘书，一部分是律师助理。当然，我们并不排斥在做律师助理工作的同时兼做老板业务的行政秘书，因为很多律师在从事法律事务的同时兼有诸多社会职务，这样就避免不了产生诸多与法律无关的其他事情。兼职社会职务也是律师的一种营销方式，所以你的成长要看二者的比重。行政性事务多一点，你成长就慢一点，而当你的工作完全被行政性事务替代时，我想你应该好好考虑一下了。当然，并不是说做行政性事务不可取，因为当你成长起来后也可能兼职诸多社会职务，你也会招助理帮你解决一些琐碎的事情，关键还是看二者在你工作中的比重。

单位驻场型的律师助理。单位驻场，顾名思义，就是受指导律师指派，到其法律顾问单位从事助理工作。一个成功的律师，或多或少会为几家法律顾问单位提供法律服务，那么对于法律事务比较多的顾问单位，律师就会招助理在顾问单位为他解决一些基本的法律问题，驻场律师助理的工作就在于此。驻场律师助理现在比较普遍，有点类似于公司的法务，但是还是存在着区别。公司法务的工作应该重点在于公司合同的审查和一些其他行政性的工作，而律师助理充当律师与公司之间的桥梁，同时也会跟踪与公司有关的案件。孰优孰劣，也是仁者见仁，智者见智。驻场型的律师助理，有时候会比案件协助型的律师助理成长得更快，因为他对公司法方面的知识更加了解，执业之后能很从容地从事公司法律方面的事务，比较容易在公司法、公司法律顾问这一块领域内获得他人的认同。

以上四种助理的类型是我在工作中对自己所见、所闻的一种总结。随着法律业务的发展，可能会出现更多类型的律师助理工作种类，这对我们这些有志于从事律师的新人来说提供了更多的成长机会。

二、在从事律师助理的工作中你要注意什么

找到了自己中意的工作，剩下的就是坚持。在坚持中才能像水滴石穿一样慢慢积累。记住，频繁地换工作，换案件领域对刚入行的新人来说是致命的错误。成长的足迹都是在你不知不觉的时候踏下的，不会像你想象的那样让你明显察觉。因为从你开始从事这个行业到自己执业，要经历毕业实习、工作试用、律协实习、律协考核等过程，这些过程加起来将近有两年的时间。这两年里，你躁动的心绝对是你最大的敌人。来自经济的压力，来自工作的繁琐都是让你思想产生松动的导火线。不过，请你记住，真正热爱的，才会不离不弃！

在我工作的经历中和我认识的朋友中，不乏频繁跳槽的例子。我曾经也深深地高估过自己的学习能力，认为一个法律业务领域自己做过三四个月就代表自己已了解和精通，但跳槽后最终自己尝了苦果。请记住，一个法律服务领域内的知识和价值是很多律师前辈的苦心经营累积的成果，请不要用你的高傲去低估他们的价值。

在工作中除了静下心来之外，你还要注意的是同事之间的相处。这一点上我比较推崇小一点的律师事务所。大的律师事务所人文关怀不强，很多人都是忙于自己的事情，基本上有些同事很难得见上一面，更多时候人和名是对不上号的，这样的话就很难产生同事之间的感情。这就像你高中同学和大学同学一样，高中班级人少，每天都会见面，产生的感情就很坚固。大学同学多，一些同学基本上一学期很难得见一面，就无所谓兄弟般的感情了，当然，同一个宿舍的除外。和你有感情的人多了，那就是你的朋友，朋友多了，那就是你的人脉资源，资源多了，很多事情就很容易解决。而且感情能让你感觉很温暖，让你枯燥的日子过起来不那么乏味，这也是我所推崇的律师事务所模式：小而精，人文性强。

三、怎样有意识地提升自己

律师的工作是多方位的，对律师的能力要求也是多方位的。“律师需要的不仅仅是专业上的技能”，相信这样的话你已经听很多人说过。专业技能是律师的基本要求，社会技能才是实现价值的窗口。可以说，律师是一个生活的多面体，你的每一面都会给你带来与之相应的回报。有意识地提升自己，不仅仅是在专业技能上，更多的要侧重于社会技能。

（1）参加各种类型的研讨会、讲座。广州市律师协会、广东省知识产权局、知识产权保护协会、律师事务所等机构和社会团体经常会举办一些研讨活动或讲座。这时，你要去参加，你要带着笔记本、名片去参加。笔记本记载你学习的痕迹，名片记录成长的轨迹。“80% 的成功来自于出席”，这是著名导演伍迪·艾伦的话，同时也是我奉之为社会技能的准则。当然，很多人会说，这类型的活动参加多了的时候，汲取的营养越来越少，越来越乏味。我想说，恭喜你，当你意识到这个问题的时候，说明你已经成长了。这时，你就要在专业技能和社会技能之间作出一个取舍。而这些活动在我看来，就是一个展现自己，被别人发现自我的一个过程。如果你不被发现，即使才华横溢，也只能孤芳自赏，机会随之也就蒸发了。因此，接纳和积极参与，也许是你最佳的选择。

（2）多参加工作之余的体育活动。体育活动是展示你工作之外的另一面，是生活中真实的自己。当你的生活形象真实地展现在你的同事或朋友面前时，你才能留给别人一个感官的印象，而且生活中的形象比工作中的面试更加真实，更有立体感。现在很多律师事务所都注重文体活动的开展，很多律师或律师事务所招助理的同时会要求一些体育技能，例如篮球、足球等。每年的广州市律协篮球、足球比赛都是相当吸引人的，能极大地促进一个所的团队建设，而且在球场上认识的律师可能就是你将来的老板或助理。我就有这样的真实经历。而且现在的形势会愈加往这方面靠近，现在有些律师在招助理的时候就点名要求会打篮球或踢足球。附加的一项体育技能虽然不一定马上能为你带来效益，但从长久来看，你一定会受用的。

（3）加强跟同行之间的交流。律师助理在一定程度上算得上是一个弱势群体，我们先不说执业以后的成功与否，就现在来说，律师助理在收入上、在工作强度上都算得上是“穿西装的农民工”。每个律师助理跟老板从事的法律领域不一样，即使都从事同一法律领域，每个人对事物的看法和角度也有所差别，因此，相互学习对我们来说就显得很重要。法律上的很多问题在实践中是多变的，对于这些问题可能连你的师傅都不是很了解，而且有些律师助理也不会什么问题都向师傅请教，这

时，同行之间的交流会弥补这样的不足。因为律师助理的工作都是活跃在法律阵地的第一线，他的经历、结论或许能让你少碰一些壁，他的思维方式或许能给你以后办理相同的案件带来一些启发。

跟同行之间的交流有很多方式，有 QQ 群，有不定期的律助活动（这个当然要有人组织），平时和同所的其他律师助理闲聊，跟别人交谈都是你汲取营养的一种方式。当然，我和盱旸成立“广州律助工作小组”也是出于这个初衷，希望建立一个分享经验、共同学习的平台，更快地帮助我们律师助理成长，完成律师助理到律师的蜕变。

四、即将执业后你的律师生涯走向

实习期满，考核通过，你就得独自开始自己的律师生涯了。这时，你面临的将会是更多的压力。没人给你发工资，没人给你缴社保，还要承担律协年费，可能经济的压力算是首位的。当然，如果你继续做你师傅的助理，你师傅愿意承担你的成本，那也是一种不错的选择。我正在面临这样的抉择，这方面我也没什么经验和心得，希望能有人给我一些建议和参考。等我度过这个阶段，我也很乐意跟大家分享我的经验。

在这篇文章中我写的是比较宽泛的经验，也是这几年自己律助生活的一些总结，因为盱旸给我的篇幅有限，所以很多业务实践中的具体的问题我没有涉及多少，不过，对于实践中的一些问题我很乐意和大家一起探讨。同时，我也会在以后的时间里多谈谈律助生涯中的点滴，希望能更直接、形象地展示一个真实的律师助理，能帮助你们解决一些困扰或提供一些经验，同时欢迎你们跟我交流，因为我也需要学习。

# 追寻——心之所向

广东广悦鸿鼎律师事务所律师助理　蔡樱梓

结束了一天忙碌的工作，回到凌乱的家中，收拾完屋子，泡一杯好茶，心慢慢平静下来，脑子里却开始思绪万千。

人的一生，忙碌追寻，但有多少人知道自己穷极一生所追求的到底是什么？又有多少人敢说其能活得明白，活得透彻？

毕业后，曾经在较知名的民营企业待过一段时间，也曾在较大的中外合资企业工作过。从一开始的满怀激情，到逐渐感到迷茫困惑；从一开始的信心满满，到慢慢对自己产生怀疑和否定；但也从起初的不谙世事，到后来懂得晓以情礼。毕业的这一年多以来，虽然专业技能没长进多少，却深深地感受到社会的百态，人情的冷暖。人总是在不断的碰壁和跌倒后慢慢有所收获和成长，记得第一个上司在我离职的时候给我的忠告：一个初学者，不管有多聪明多能干，都要时刻学会脚踏实地工作，虚心地请教，要学会隐藏自己的锋芒，锋芒毕露虽能引来注目的眼光，但也很容易刺伤别人，工作中将会时时碰壁。虽然我本身不是特别优秀的人，但这句话一直对我影响至深，也从此树立了我对工作所抱有的态度：虚心和踏实。

曾经有一段时间，也是在外企工作的时候，感觉到非常的迷茫，找

不到为之努力和奋斗的目标，精神一度颓废，相信这也是很多即将踏入社会的应届毕业生共同的感受。但昨天在跟一班同龄的同行交流的过程中发现，也有许多人从一开始便找到了明确的目标，也非常坚定地朝着目标前进，这是一件非常幸运的事情。事实上，选择目标不难，难在坚持不懈地朝着目标前进。人一旦失去了目标，失去了方向，便失去了动力，生活将变得毫无精彩可言，这是一种非常可怕的感觉。现在的我，清楚地选择了律师这个目标，也很庆幸地加入了广悦这个大家庭，在这里，更加坚定了自己的选择。

也许很多人会问，为什么要选择当律师，为什么不去考公务员？其实一开始，从专业到司考，从服从分配到机缘巧合，都觉得自己是阴差阳错地“被”选择。但后来在不断学习与接触后，发现自己慢慢喜欢上这个行业，只能说是“情不知所起，一往而深”。律师是一份辛苦的工作，面对层出不穷的法律法规和日新月异的社会环境，从专业到各行各业所涉及的领域之广，知识之深，都要求你必须不断地学习进步，不断地与外界交流，要有很强的逻辑思维、应变能力与交际能力。在了解到一些负面消息后，也曾经怀疑过，退缩过，也曾经想过放弃，但庆幸自己拥有一份执着的信念，从而支撑着走到了今天。过去所走的路，我不认为是弯路，正因为有过不一样的选择，经历过不一样的风景，才造就了今天的自己。我感恩和感谢过去所经历的一切。

现在每天忙碌地工作，却感觉很充实，这份充实源自内心对这份工作的热爱与追求。今天加班过程中跟启源律师事务所的胡律师聊天，胡律师说女孩子别太拼搏了，多留点时间去拍拖（谈恋爱），我笑着说，我已经把工作当成我的男朋友，这样每天都在拍拖，这种感觉是快乐的，并不觉得辛苦。身体累的时候，尽情地睡个好觉，醒来便又是充满活力的一天，只有心累的时候，才是真的累。别把工作仅仅当成一份工作，要把它当成男朋友般看待，用心经营，相信有付出就会有回报，便不觉得心累，至少我是这样认为的。

在律师这条道路上行走，需要不断地摸索着前进，不断地向优秀的人请教和学习。旴旸是我成长道路上的好友，愿今后我们能一起在律师道路上顺利前行。宁静而致远，静水而流深，不积跬步则无以至千里。谨以此文作为一个小小的起步，愿自己在今后的职业生涯中，慢慢地累积，厚积而薄发。

# 律师助理的“新”路历程

广东格方律师事务所律师助理　余耀辉

走在上班的路上，一阵一阵的寒风迎面吹来，这让人倍感熟悉。从2012年2月中旬走进广东格方律师事务所，截至今日已经在岗317天，在这过去的日子，我是如何走过来的？我又将如何迎来今后的日子？万千思绪在脑海萦绕，纵使寒风凛冽也无法消逝……

作为一名律师助理，我的工作内容主要涉及以下几方面：

一、办案辅助

办案辅助主要包括文书起草、法院立案、案件跟进、开庭准备、庭审参与、案件归档等，参与过的案件主要包括劳动争议纠纷、银行卡纠纷、借贷合同纠纷、买卖合同纠纷、租赁合同纠纷、离婚后财产纠纷、承揽合同纠纷、物业服务合同纠纷、遗产继承纠纷等民事案件，合同诈骗罪、销售假冒注册商标的商品罪、交通肇事罪等刑事案件及劳动人事争议仲裁。

其中具体包括：①文书起草：由于在校时比较重视法律文书写作的锻炼，法律文书的写作能力得以尽情发挥并得到律师们的肯定。②法院立案：我多次去过广州市各法院立案，立案前要为证据材料制作目录、编好序号。③案件跟进：立案后我就必须与法院立案庭保持联系，了解案件进展，了解承办法官及书记员等具体信息。④开庭准备：重新将案件材料逻辑存放，并准备好庭审笔录的纸张。⑤庭审参与：重点记录庭审双方的较大异议及法官的部分发言。⑥案件归档：我拿到判决书后制作结案报告，并按照案件卷宗排列次序编号。此外，有时也需要到法院阅卷，实际工作就是复印卷宗材料。

二、合同修改

我主要修改过技术类开发合同、房屋租赁买卖合同、产品购销合同纠纷、离婚协议等，起草、修改过发起人合作协议、股东资金入股协议等。刚开始时我连基本的修改都不知从何下手，经过律师们多次亲自指导及自己学习基本理论后，加上丰富的合同修改实践，我的合同修改能力逐步提高。努力的过程是痛苦的，但结果是令人喜悦、怀念的，非常感谢律师们在这方面的悉心指导。

三、文件收发

我主要是根据律师的安排到广东省高级人民法院等各级法院、广州律师协会、司法所、顾问单位取回或递送文件，乍看起来像个邮递员，但也是挺好的差事，因为可以到外面转转，顺便多认识人。



四、网站维护

就网站维护而言，包括本所的官方网站、博客、微博的日常维护。工作内容有：发布律师行业的新闻信息，起草本所活动事件的新闻稿，解答网站的法律咨询，及时收集新法律法规。

五、其他事务

律师助理的工作，远远不止以上所列内容。我也参与过案件谈判、法院调解、法律咨询、会议记录等。

①案件谈判。10月初，我陪同本所三位主任前往湖南出差，主要是为了一起案件的了解及谈判。紧凑的时间安排，舒适的住宿接待，急迫的思维冲击，我在这次实践中目睹了律师思维如何迸发及律师间如何合作，我从这次经历中收获了很多。②法院调解。法官在调解中所起的作用非同小可，有些法官使用迂回战术，有些法官干脆爽快，有些法官

甚至久拖不判，对于原、被告双方而言，法官施加的“压力”都不一般。③法律咨询。7月5日上午，广州市某区司法所和某居委会负责人一行七人莅临本所，与本所律师座谈，探讨推进法律服务进社区的具体工作安排。从9月开始，我们进入社区提供免费的法律咨询。④会议记录。为较完整记录当事人的情况介绍及有利于整个案件的把握，律师会安排我担任一些会议记录工作。如果在会议开始起做好准备工作会比较好，如选择手抄记录还是电脑录入？如果手抄则要准备足够的纸张，并在纸张上写好框架；如果是电脑录入，则要保证在未接电情况下手提电脑的电量是否充足。

六、业余活动

除了工作，本所律师的业余活动也比较丰富。律师们比较喜欢的娱乐活动有钓鱼、打乒乓球、唱歌。有时候我们会在深夜垂钓，在广州拥有这种经历实属不易；我们大厦楼顶有室内乒乓球台，律师们每周五下午基本上打一次；唱歌的次数不多。

刚开始工作时，我没有想太多，只是认真完成每项工作，有时会在凌晨一两点还在写着某个案件的代理词、辩护词等法律文书，我早已习惯在凌晨时分入眠，所以并不感到劳累，反而感觉到一种充实，一种满足。这些宝贵的参与机会丰富了我的诉讼实践经验，提高了我的文书写作能力，从中我更进一步体会到这份工作带给我的精神营养。

美好的时光总是短暂的，随后工作越来越闲，由于本所又招了一名实习律师，这样我参与案件的机会更加少了。如果工作锻炼的机会非常少，成长的速度会大大减慢，我开始有了很多想法。我现有的工作还适合现在这个阶段的我吗？我在没有工作任务时可以做些什么？我要不要利用这个工作岗位积累的经验去争取一个更好的机会？一个又一个问题考验着我这个初入律师行业仅仅十个月的律师助理。

有一天上午从法院开完庭回来的路上，我鼓起勇气问律师：“×律师，您觉得像我们这些刚毕业的学生是一开始就直接从事律师行业好，还是先在公务员系统工作几年后再出来当律师好？”×律师笑了笑，说：

"看你怎么选择，没有好坏之别。不过当律师比当公务员的好处还是很明显的：第一，律师行业比较自由，公务员规章制度很多；第二，律师行业的收入没有上限，公务员每年只有固定收入，即使包括退休金也比不上律师收入；第三，律师现在有了执业保险，风险减低了很多，而公务员当今风险越来越高。"听了×律师的话后，我陷入了沉思之中，行业本来没有好坏之别，更重要的是自己适合在哪个行业发展。

下午，一位律师叫我到天河区法院领执行裁定，不巧的是我碰到了一位挺有想法的法官。按照法官的指示，我走进一间办公室，里面坐着的那位法官应该是我准备要见的法官。这位法官不像我之前见过的其他法官。法官问："你是某公司的代理人吗?""法官，我是某公司代理人的助理。"法官接着说："先坐一下，我把材料整理一下。""法官，您先忙。"法官好像挺喜欢和我聊天，他又开始说："我有个做了五年律师的朋友，现在连房子都买不起，你是刚毕业的?"我稚嫩的脸无法逃过法官的"法眼"，我点了点头并说："我是今年刚毕业的。""律师不好当，很多年轻律师还在温饱线上挣扎，还是公务员系统好。现在很多所谓的大律师都是靠欺骗当事人来赚昧良心的钱，本来是法院这边已经有了结果，律师偏偏要骗当事人说结果出来不容易，等当事人给了律师钱后，律师才把结果给当事人。"我明白法官所说的律师是律师行业中极个别黑心律师，而非我所遇见的律师们。法官说的话也让我明显感觉到法官在劝导我应该争取进入公务员系统工作，提醒我律师行业举步维艰，眼前这位平易近人的法官能够如此为律师助理着想实属不易！同时，法官说的话与上午×律师说的话形成了强烈对比，带给我又一轮思考。

过了一段时间，我又忙于案件，但我的心还是拉不回来，依然沉溺于胡思乱想之中，迷茫于律师行业的"三五八"定律而无法自拔。我经常躺在床上看着天花板发呆，想想毕业后走的路挺长的、人挺累的，内心激烈的博弈及持续的时间远远超过了我的承受能力范围，一直以来我都以忙碌为快乐之源，但如今我有点害怕，有些担忧，我害怕自己碌

碌无为，担忧自己迷茫度日。

为了摆脱迷茫的状态，我下载了很多关于职场新人的电子书籍，也在网上关注了年轻律师如何成长的文章，如邹旴旸的“路在前方”系列。这些信息“闯进”我的大脑后，我不自觉地反思起之前同学为我的问题而提出的建议，我感觉现在自己的心态比之前平静了很多。的确，读了四年大学，我不能不思进取，不能一成不变，不能无所作为，所以会有所抱怨，有所牢骚，有所渴望。但这不是泄气，不是害怕，更不是无知，我和其他同学是充满智慧的一代年轻人，我们是身兼法治建设的一群法律新人，我们拥有最美好的时光，不过我们需要沉淀，需要气魄，需要自信。律师助理的工作，是一段美妙的旅程，夹杂着快乐、兴奋、害怕、担忧的情绪，经历着心酸、苦闷、挣扎、迷茫的阶段，也许正因为有了这样的过程，脆弱的心灵才有了变强大的机会，才懂得如何渡过将来更曲折的难关。

我在过往的记忆中追寻曾经美丽绽放的一刻，捕捉心间持续流淌的暖流，回味着317天的“新”路历程。寒风呼唤着，一个孤单的背影在长长的路上被无限延伸……

# 路，在前方

广东卓明律师事务所律师助理　钟春吉

学校的象牙塔生活已成了我们的过去式，现实的社会生活给了我们一个全新的开始，选择了做法律人，漫长的律师路便需要我们坚强地往前走。

作为应届毕业生，一张空荡荡的白纸，需要自己不断地为其增添色彩，其中的苦与乐，或许只有经历过的人才能体会到。自己能不能往这条路继续走下去，信仰的支撑是极其的重要。若自己信仰足够强大，不管别人说律师路有多艰辛，也只能算是一阵风从耳边吹过，因为你知道自己的路在哪、该怎么走，别人根本动摇不了你。在这段艰辛的路途中，除了信仰的支撑，朋友的支持、与志同道合的同仁们一起成长也尤为重要：当想放弃的时候，朋友的一句话，又把你拉回了律师路途，让你继续前行；同仁那鼓舞人心的文章、成长的经历，也能激发你继续前行的激情。

记得一次和朋友谈到律师实习的酸甜苦辣，朋友便推荐说有一名律师助理写的东西非常好，并把邹盱旸的博客发给了我，要我看看他的文章。那一次，我用了一整晚的时间通宵看完了盱旸所写的有关律师助理的大部分文章，那一刻，我从事律师职业的激情再次燃起。正如盱旸所

说：路，在前方。

律师这份职业，刚进入，就经历颇多，怎样和当事人沟通，其中的技巧不是一两天可以学会的，特别是刚入门的律师。记得刚来律师事务所，张律师交给我一个交通事故案件，为了培养我独立的学习能力，张律师要我自己和当事人交谈、沟通，完成案件的前期工作。第一次和当事人接触，第一次用自己在学校学到的理论知识和当事人交流，真心有点紧张，虽说是交通事故案件，却相当复杂。当事人被鉴定为两处伤残，二级和十级，处于植物人状态。当时，由于当事人家属能力有限，很多证据没搜集，自己必须一步一步告诉他们该搜集哪些证据，需要医院开什么单据、政府出具哪些证明，这些都是学校所学不到的知识，很多事情都得请教师傅们。这次姗帮了我很大的忙，庆幸工作中遇到姗，感谢姗一直对我的指导。

在办案的这段时间里，自己受益颇多。除了问师傅，自己还得学会动脑子。虽说善于提问是好事，但是刚遇到问题就问师傅，却会造成一种依赖心理。张律师说过：“你不能再像学生那样做事了，你已经出来社会了，你要动脑子。”这句话，对我以后的工作影响很大。

工作改变了我的心态，半年没见面的同学前天见我便说：你变了，变得不再害羞，稳重成熟了，估计这半年来受了不少苦。我只能苦笑，因为我知道，如果一个环境不能让你改变，那么这个环境便不适合你继续待下去。如果一个环境能让你变得成熟、稳重，纵使这个环境艰辛、苦涩，但你可以从中长大，而长大是需要付出代价的。成长的路上，需要高人指点，需要师傅教你，寻找好的师傅、肯教你的师傅，除了缘分，虚心好学的态度也尤为重要。除了努力，也必须要有一颗安定的心，一颗踏实做事的心。在律师的路途上，很多律师也都成了你的师傅，我就把所里的律师都当成师傅，学习他们在工作中的点点滴滴，学习他们的办案经验，有机会都会去旁听师傅们开庭。

选择了律师职业，就坚信：路，在前方。

# 路　人

北京大成（广州）律师事务所律师助理　黎国飞

鲁迅先生曰：地上本没有路，走的人多了，也便成了路。

心里一想，世上本也没有人，猿从树上下来，学会了走路，便有了人。先有路，还是先有人？人走出了路，还是路造就了人？有趣的问题，但无须劳碌过多的脑神经元纠结于此。迈出了步子，就都成了路人。与许多律师助理一样，我在这条道路上，刚刚迈出步子，是个普普通通的路人，也会时而停下脚步——围观，纠结，慌乱，小憩……然后，继续赶路。

毕业时，像罗伯特·佛罗斯特（Robert Frost）一样，仿佛伫立在一片树林里分出了两条路的岔路口，极目望去，绵延无尽头。向左，繁花似锦，绿意萦绕；往右，荒草萋萋，寂静寥落。一颗年轻的心，在每条路上都想留下足迹。但并未急着作出选择，没有为找份工作海投简历。只是觉得上学这几年经历太单薄，两眼一睁一闭间许多曾经想做的事还没做。很多事情，错过了就错过了，再也不会有第二次。这是上马克思主义哲学课还算有意义的收获。

生怕再忽视了内心的呼唤与对自己的尊重，决定给自己机会做想做的事情，就这样参加了“西部计划”。一来觉得能到一个没去过的地方

做些没做过的事情，极其畅快；二是这是所说的丰富经历的绝佳机会。于是，2010 年我来到了山城重庆某基层法院，开始为期一年的志愿服务。

一年过去，服务期满。服务单位给予我充分肯定并希望我能够留下，一些信访人也给予好评，算是可以嘚瑟下。更有意义的是，这工作经历让我深思：在法律面前，为什么信访人与法官都想解决矛盾纠纷，却只能是失望与无奈，难道它真的只是“写着人民权利的纸”？让纸上的权利切切实实地回到人们的现实生活中，已是人们的共识与期望。并且在这条道路上，多少人在默默地前行着，法官、检察官、律师、媒体人……但看似热闹非凡，更多的还是寂寞与艰辛。可喜的是，越来越多的忍受着这份寂寞与艰辛的同路人在无畏地前行着，并且相信有更多的人将要加入。

2011 年年中，我来到广州这个美丽的城市，在一家律师事务所做律师助理，认识了许多好友，其中就有盱旸，我们共同创立了“广州律助工作小组”，在前行道路上相互支持，共同进步。

没有末日的 2012 已经过去，阳光依旧普照大地，雨露仍泽润着万物。布满荆棘的路从来都不缺少美，而路人们也将沿着同一方向相互支持，日夜兼程——非常骄傲！这是一条值得用灵魂去丈量的路，每一尺都铭刻着路人的生命印记，显得格外动人、美丽。

“一片树林里分出两条路，而我选择了人迹更少的一条，从此决定了我一生的道路。”只忏悔，不回头——继续赶路。

# 我的心路历程

广东合邦律师事务所律师助理　陈欢欢

不知不觉我已经从事律师助理工作两个多月了，虽然现在很多事情还要律师提点，需要学习的东西还很多，也自知要成为一名优秀的律师还相距甚远，但我渐渐找到了每天工作的意义，渐渐找到了自己的位置，坚定了今后的路要往哪走。

还记得在那个毕业季节，围绕我们的不仅仅是结束大学生活的愉快和各种离别的不舍，毕业后走向哪里一直扰乱着我们。是的，“毕业意味着失业”。我们在校园的日子还算是无忧无虑的，一旦离开大学这座象牙塔，我们就要靠自己的能力在社会打拼生存，各种压力接踵而至。很大一部分同学选择读研就是想逃避社会现实，不想这么早就接受社会的考验，这当然是一种方法，但晚痛不如早痛，就算是以此为理由在校园多待三年又如何，迟早还是要面对残酷的社会现实。当我拎着行李走出校门的时候，真的不知道要走向哪里，是回湖南老家还是留在福建？是从最基本的做起，坚持法律，还是在其他领域一个相对较好的平台上施展才华？每个选择都是如此重要，可是要我一时作出全部的选择，真的很难。其实当初选择法学专业也纯属巧合，接触法律后才渐渐喜欢上法律，可是我所认识的在律师事务所工作的学姐学长们都是抱怨连连。

“即使通过了司考，在律师事务所也只是一名默默无闻的律师助理，挂牌实习的事情律师事务所总是一拖再拖，工资低得要命，完全就是打杂跑腿的，根本就没有盼头。”“即使拿到了执业证，前几年的日子也不好过，整个行业压力山大。”听到这样的话，我没有马上打退堂鼓，但听得多了，难免还是会受到影响，尤其是认识的一位职业经理人对我说的一番话，直接让我放弃了进律师事务所的念头：“从事律师行业是要经得起时间的考验的，很多律师都是慢慢熬出来的，有很大一部分因为坚持不下去就中途放弃了，到头来还是从头开始，女孩子更没必要选择这条路，毕竟你们等不了。”所以毕业后我的第一份工作不是在律师事务所，而是在一家食品公司做招聘副主管，当然还是经过熟人介绍的。当时曾想过，如果这是一次机会，如果自己肯努力，或许我会收获不一样的人生。可是事情并非我想的那么简单，不是不会做，是没有工作的激情，或许兴趣真的不在此。不到一个月我就毅然放弃了，原来我还在眷恋法律，原来我已经离不开法律了。就算要吃苦那又如何，就算待遇低又能怎么样，是自己喜欢的东西，是自己兴趣所在，只要心不变就能坚持。

在广州律师学院举办的科研项目结题报告会上，我有幸结识了邹盱旸，很快也加入了“广州律助工作小组”这个大家庭。遇到法律疑问，大家集思广益，工作之余，大家分享快乐，让我不再感到只是一个人在拼搏。一次偶然的机会，我看了盱旸的法律博文，尤其是他的“路在前方”系列，从心态，到业务，再到技能都有比较全面的叙述，由浅入深，层层深入，不仅让我看到了一位法律工作者的心路历程，也让我看到了律师界一位新秀正在慢慢成长，让我更加坚定了自己的选择。

离开福建的时候我没有犹豫，因为我即将踏上新的征途。如今，我终于如愿以偿地在律师事务所工作，虽然现在离成功还很远很远，但我不会放弃，因为我知道我要去哪里，只要我不断前进，慢慢找到通往目标的路，就一定会到达。

# 从法务到律师助理

广州金鹏律师事务所律师助理　付尧

有一句话叫做“性格决定命运”，作为一个二十出头、刚刚步入职场的人，我没有资格评论这句话的对与错。但是用“性格决定方向”总结我选择律师行业的原因还是恰如其分的。

为什么选择律师这个行业，每个人都有不同的答案，我的答案归结于——我的性格。

读大学时，我一度对法学不是很感冒，并以为自己将来不会从事与法律相关的工作，因为我认为与法律相关的工作是严谨的、严肃的，我不想跟从前一样重复枯燥乏味的生活，希望从事自由并且富有挑战的行业。可是在司法考试的过程中，我发现法律是一个很有趣并富有挑战性的学科领域。因此，毕业时我还是希望从事与法律有关的工作。出于对律师行业的陌生，我选择了先在广州一家公司做法务专员。

做了两年法务工作，我对公司每日的打卡上下班产生了厌倦，每日处理的事情也与法律联系不大。这是我在某公司做法务专员时的体会。而心中做律师的念头也时刻涌现，因此我决定放弃法务，从事律师这个富有挑战，并且更能够体现专业价值的行业。于是，我来到了广州金鹏律师事务所，从一名律师助理做起。

法务和律师助理的工作都算是法律领域，虽说同一个领域的工作性

质类似，但是又有些不同的特质。譬如说做法务，小型企业或公司的法务专员类似于一个文员、行政和法务的集合体，因为公司的规模小，所以每个人都可能会充当几个人的角色，工作量虽然不一定多，但是工作范围绝对是不固定的，哪里有需要就要到哪里；上市公司或是其他大型企业的工作性质比较接近于律师的非诉讼工作，主要是负责公司涉及业务的相关法律问题，一般规模较大的公司会聘任常年法律顾问，也就是律师，所以公司法务的工作即使有一些不确定的问题也可以找常年法律顾问即律师解答。

在做律师助理的这段时间，我的指导律师给予我很大的帮助，从如何修改合同到完成整个民事诉讼流程，这些都是在做法务专员时接触不到的，这就是我认为律师更加富有挑战性和专业性的原因。当然，律师助理要比法务专员的工作节奏快、压力大，如果你是一个性格安稳的人，那么法务专员还是很适合的；如果你是个希望每天都充满刺激和挑战的人，那么就来做律师吧。

另外一个促使我决定跳槽的原因就是“自由”。我曾是国家一级运动员，从小的成长氛围与其他孩子不同，每天近乎军事化训练的环境造就了我执着的性格。因为从小在体工队长大，每天早上五点起来训练，七点出水上学，下午回体工队再训练，每周只放假一天，年三十还要训练都是再平常不过的事情了。毕业后家里人都劝说我考公务员，但是我喜欢律师这个行业的自由，律师这个行业就是一个自己掌控自己的工作，工作紧张状态持续久了就给自己放个假，工作闲了就找几个老朋友沟通下感情，不用每年算计着什么时候休年假，也不用计较单位给不给放探亲假，因为这一切都是自己决定的。当然放假是没人给开工资的，这些也是要靠自己来权衡的。

邹旴旸是我认识的同行中永远都充满着激情的一个人，他对律师行业的执着在我看来是任何人都无法比拟的，也许很多人选择律师这个行业有这样或那样的原因，但是他的原因很简单也很坚定：理想。这也是他出版这本书来鼓励大家的原因。

做律师，需要激情和执着。有激情才能够让自己每天对工作充满渴望，每天充满信心迎接未知的挑战；有执着的性格，才能够在这个充满艰辛的行业，不管遇到任何困难，都坚定不移地走下去。之所以说性格决定命运，就是我的执着让我最终回到了律师这条路。虽然作为女生，难以时刻斗志昂扬，但也能保证每天都精神饱满、充满激情地面对工作。我想，这也是每一位律师助理应该有的精神状态。

最后，借盱旸的一句话来总结：“找一个能够实现自己梦想与价值的地方工作，不要让任何人左右自己的内心。”希望这句话可以鼓励所有已经从事律师行业和准备步入律师行业的人，也用这句话勉励自己。

# 选择了，就坚持走下去

广东利人律师事务所律师助理　谢兆婷

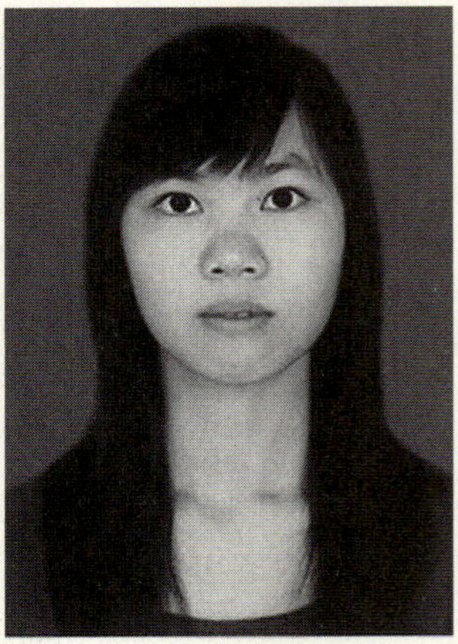

选择做律师，每个人都有自己的理由。我的理由是：大四找工作的时候没考上公务员，但通过了司法考试，不想转行而浪费掉这个得之不易的证书，所以进入了律师事务所。但加入律师助理行列后，我发现这是个很能锻炼人的职业，一个充满挑战的地方，只要你怀抱梦想，只要你渴望自由，你就会爱上这一职业。所以，我也很快就爱上了这一职业。

时光如白驹过隙，转眼我已工作大半年。这大半年时间对于要历练成为一名律师的我来说，是很短的一段时间，却也足够让我去体会当律师助理的苦与乐。正值盱旸出书之际，借此机会与大家分享，以共勉。

做实习律师或律师助理，师傅很重要。好师傅是可遇而不可求的，像我就没那么幸运。严格意义上说，目前我是没有师傅的，我是律师事务所的助理，而不是某位律师的助理，这样遇到问题就不一定有机会向律师请教，对案件参与的程度也就没那么高。借一位律师的话来说，我这种情况就像是自考生，而有师傅的律师助理才是全日制的科班生。从这句话可以看出，师傅是多么的重要。

在这种情况下，我明白了一个道理，也端正了我的学生心态。以前我总以为，我是刚出来工作的，老板应该教我，特别是做律师助理，是在为将来做律师而学习，理应有人指导。但对老板来说，你是员工，你只是他请回来工作的，对于指导你，其实他没有这个法定义务，至于你的学习，与他没有任何的关系，无法胜任时，他是可以随时换人的。所以，我们就要在做好工作的同时寻找学习的机会，充分利用自己所拥有的资源，主动请教你能请教的人，努力提高自己的业务水平。无论环境怎样恶劣，我们都不能放弃自己，因为学习是自己的事情。但写这篇文章作为分享经验，我想说这种情况下，有机会的还是继续寻找师傅吧，毕竟自考生不好当，质量也不是那么的好。但在找到师傅前，自己还是要努力提升自我，否则当找到伯乐时，你却不是千里马，师傅怎会收你呢?

学习是律师助理的首要任务，这里指的是理论与实践相结合的学习。工作之前，我觉得通过了司法考试的我已经很厉害了，去律师事务所要学习的只是一些实际操作的程序，应该很快就可以独当一面了。但工作后才发现我的想法有多么的天真！通过司法考试，只能说我们有进入律师行业的资格，而法律知识是无边际的，是日新月异的，我们要及时更新自己的理论知识。处理一个案件，用到的不仅是法律知识，还有各方面的知识，都需要我们去学习。记得有位律师跟我说过："做助理是律师生涯中唯一有大量时间学习的一个时期，做助理期间能否静下心来学习，直接影响到将来的执业能力。"可见学习是多么的重要。工作大半年来，我深深地感受到我知识的贫乏，可以这么说，就算现在老板给我机会独立办案，我也没有这个能力，若我还不及时追赶，或许会很快被这个行业所淘汰。

律师助理很穷，律师助理的工资只能解决温饱问题是大家所共知的，并且这种情况会持续一到两年。对于学习，一两年时间不算长，很快就过去，但对于每天都是囊中羞涩的生活来说，一两年是很漫长的。因此做律师助理就需要抵挡住物质的诱惑，当你拿着 2 000 元的工资时，你的同学朋友也许已拿到四五千元甚至更高，他们可以住着舒适的房子，任意购买自己喜欢的东西，下馆子、去 KTV 也不在话下。而我们只能在下班后继续加班或者回到自己那小得可怜的住处看书学习，不能轻易花钱，努力省下一点点的工资却要用来购买提高业务水平的书籍。所以当我们每天出入高档写字楼，接触着收入可观的律师时，必须保持着穷学生的心态，只求在温饱中得到学习的机会，相信努力会为将来的收入带来指数增长。

条件艰苦是客观的事实，但我们必须要有一颗乐观且愿意为梦想不断奋斗的心。如果真正热爱这一职业，你不会为物质方面的因素所牵绊，你的喜怒只会因你协助办理的每一个案件而改变。这是我做律师助理以来最深刻的体会。

展望未来，可谓“路漫漫其修远兮，吾将上下而求索”。用一句话勉励自己——选择了，就坚持走下去。

# 附录

## 接受《新快报》采访

2012 年 11 月 21 日上午，我接受《新快报》记者采访，主题是“走进‘90 后’律师助理”。11 月 27 日《新快报》A32 版刊登了《跑龙套薪水低，还要兼职邮递员》一文，随后，《羊城晚报》、大洋网、21CN 新闻、南方工报、金羊网等纸媒、网媒发表《助理变律师有多难？律师月收入十万助理月薪三千》一文。

现将当天采访过程的对话展示如下，对方有全程录音。

**记者：**我是《新快报》的记者朱清海，今天非常荣幸能到贵所采访你，跟我们简要介绍下你吧。

**邹盰旸：**我叫邹盰旸，是江西人，毕业于暨南大学，获得了法学和经济学两个学士学位，现在在读中国政法大学的民商法硕士研究生。

**记者：**好的，非常感谢。你还有一点非常重要的没讲，你是“90 后”吧？

**邹盰旸：**是的，我是 90 年 10 月出生的。

**记者：**作为“90 后”，也许很多人都还在学校读书，你就已经参加工作了。我们也主要是想了解下“90 后”职场人目前的工作和生活。

**邹盰旸：**我也非常感谢贵刊能将我作为“90 后”的代表进行采访。

**记者：**能谈一谈你为什么要做律师助理吗？

**邹盰旸：**准确来说，是选择律师这个行业，而做律师助理是通往律师业的必经之路。成为一名律师，相信是众多法科学子的梦想。我利用大学的寒暑假，在法院和检察院都实习过，然后经过详细的比较分析和综合考虑，从大三开始就确定了自己今后一定要做律师。有一句话说："在法律的入口处，只欢迎那些能吃苦并最大限度地坚韧不拔、坚定自信和忠诚的人，那些存有懈怠、消极精神或意志不坚定的人，请勿入内！"律师就是我的梦，我愿意全身心投入到这个梦想之中，义无反顾！

**记者：**非常好！你所在的金鹏律师事务所有多少律师呢？

**邹盱旸：**有 120 多名员工，我们律师事务所在广东属于顶级的律师事务所。

**记者：**贵所是广州的顶级所，那么，律师助理的岗位竞争激烈吗？

**邹盱旸：**律师助理的工作，竞争很激烈。我们所招助理只招固定的 30 所高校出来的毕业生。并且，在其他地方，毕业生或许可以边做助理边通过司法考试，但我们所，一般来说，只有通过司法考试，拿到法律职业资格证，才有机会做律师助理。

**记者：**你通过司法考试了吗？

**邹盱旸：**通过了。我是在校考的，2011 年 11 月出了成绩，我以高分通过。

**记者：**你之前就一直在金鹏工作吗？

**邹盱旸：**是的，我从去年司考过后，也就是 2011 年 9 月下旬开始，就在金鹏实习，中途也去另外一个所和一名律师尝试学习了刑辩业务。今年 7 月份毕业之后，就正式加入金鹏，成为一名律师助理。

**记者：**看来你是毕业实习后留在原单位的，那别的律师是如何招助理的？

**邹盱旸：**很多律师的助理都是靠熟人推荐的，因为朋友介绍的话各方面能力和综合素质都可信些。并且这个行业决定了律师很少会去各大校园举行大型招聘会。当然，也有很多律师是通过社会招聘来招助理的。

**记者：**那律师助理又是如何选择自己的老板呢？

**邹盱旸：**我不习惯称"老板"二字，因为我认为助理和指导律师之间是合作关系，即平等的，而非上下级、隶属关系。入行的新人选择律师时有自己的一套标准。律师的创收也许是新人考虑的第一要素，在某种程度上，这代表了律师的业务能力。另外可能考虑律师的社会地位、专业水平、团队、人品等等情况。这种也是双向选择吧，看大家的意愿。

**记者：**你刚刚说你们所有一百多名律师，是每一位律师都有助理吗？

**邹盰旸：**不是的。恐怕很多人都不知道，请一个律师助理的成本有多大。我跟的律师请了三名律师助理，分别负责行政、法务和客户维护等事务，这在行业内属于少数。与此同时，还有更多的律师没有请律师助理，因为成本问题。除了公司制的公共助理之外，一般来说律师请助理都是自掏腰包，除了要支付助理的工资、奖金和社保等，还要负责助理在律师事务所办公的座位费、管理费等，所以不是每个律师都请得起助理。另外，也有些律师是不需要助理，单打独斗了很多年。律师行业没有成文的条条框框，非常自由。

**记者：**律师助理是做什么工作的呢？

**邹盰旸：**作为律师助理，拿一个案件为例，既要做客户沟通者，也就是在接案的时候与客户沟通交流，把案件承揽下来；又要做信息收集者，也就是记录、收集和整理与当事人洽谈的一系列信息，搜集相关法条、材料等等；还要做文书撰写者，也就是制作诉讼案件或非诉讼案件中的一系列法律文书；以及案件协助者，在办案过程中全程跟进，协助案件的主办律师处理相关法律问题；还有案件整理者，就是结案之后要写总结、整理好案卷归档；在这个长期的过程中，有时也要负责去公、检、法等各机关送材料、取材料。还有一些日常的工作就不一一列举了，虽然看似繁琐，却十分有意义，得到的锻炼也非常多，我认为做几年律师助理之后就是万能的，各方面都能独当一面。

**记者：**从一名律师助理，做到执业律师，需要多长的时间呢？

**邹盰旸：**时间很难确定，我只能说任何行业要实现自己的梦想都很不容易。律师助理做到执业律师的标志就是拿到律师牌，也就是律师执业资格证，之后独立做专职律师。最理想的状态下，拿到律师牌需要两年的时间。以我自己为例，我今年7月份毕业，前两天刚拿到法律职业资格证，下周可以向市律协递交材料申请实习，最快明年1月可以拿到实习律师证。经过一年的实习期，在2014年1月份之前还要脱产参加律协组织的为期一个月的培训班，然后再向律协申请面试、考核，符合相应条件后，才能拿到“律师牌”，所以乐观地看，估计要到2014年6月份才能拿到律师牌。也就是说，一名应届毕业生，从毕业到拿牌最理想的时间是两年。即使拿到牌之后，也要看你的个人能力是否符合独立的要求，再选择是否做执业律师。

**记者：**时间这么长，是不是很多助理坚持不下去?

**邹旴旸：**可以这么说。令更多人深感煎熬的不仅仅是时间因素，而是在少则两年，多则三五年的助理生涯中，他们所遭遇的必然的或偶然的生疏、疑惑和考验。这个行业属于优胜劣汰的典型，有句话说进来十个，就要退出八个，但是也有两个是坚持下去的，这两个便是成功者。

**记者：**你身边有中途放弃的助理吗?

**邹旴旸：**今年与我同批进入律师事务所的5名助理，走了3个。现在只有我和另一人仍在坚持，我认为我们都将会成功，哈哈。

**记者：**你们为何没有放弃呢?

**邹旴旸：**有很多因素，我觉得首先人要有责任心，既然加入了一个群体就要对其负责，不要轻言放弃，这也是对自己负责；另外在执业之前就跳来跳去也不大好，广州的律师圈子就这么大。

**记者：**那放弃的律师助理不在律师圈子干，去做什么了呢?

**邹旴旸：**有的去考研，有的考公务员，我们法学专业的路子很广，进企业、银行等做法务也不错。我有一个好朋友，听说是去保险行业了，找到适合自己的行业才是最重要的。

**记者：**律师助理的工资有多少呢?

**邹旴旸：**据我所知，在广州做律师助理的平均水平是月薪3 000元左右。有的所如金杜律师事务所，助理能拿到七八千，有的所则只有两千多，3 000 元左右的所比较常见。

**记者：** 工资这么低，没有家里的支持，看来很多助理都熬不下去啊？

**邹盱旸：** 其实金钱并不重要，我更看重的是后期发展。家里的支持是一方面，在能够解决生计问题的前提下，其他都显得不重要。我认为毕业前三年同学之间是拉不开多大距离的，所以不用太在意前期能赚多少钱，关键还是看一个职业的长远发展，律师是一个厚积薄发的行业，我非常看好。

**记者：** 如果成为律师，能赚多少钱呢？

**邹盱旸：** 每个行业都有“二八法则”，律师业也一样。有的律师能年创收百万，做得好的甚至能赚上千万，而有的律师可能连年审费也交不起，比做助理时还惨，所以还是得看律师的个人能力。

**记者：** 你有信心吗？

**邹盱旸：** 当然有信心！我这么说你可能不信，但我举个例子你就明白了，我认为仰望星空，也要脚踏实地。因此我写了很多的文章，并且每周写周记、每月写月结，不断地调整自己。这条路，我将坚持到成功之日，我也坚信会有这么一天！

**记者：** 我在网上也有看到你写的“路在前方”系列文章，能介绍下你写这些文章的初衷吗？

**邹盱旸：** 我毕业虽然才半年，但是我入行的时间并不短。我当时的想法很简单，就是将我的亲身经历以及心路历程记录下来，没有什么特别的想法。然后写着写着，就在网上发表了 40 多篇有关律师助理的文章。

**记者：** 那后来呢？看你的影响力也挺大的啊。

**邹盱旸：** 后来我仍继续写，我希望告诉大家律师助理是充满挑战的职业，也需要激情、动力来支持自己走下去，我希望能以绵薄之力鼓舞大家，让大家以积极、乐观和阳光向上的心态，一起走下去。

**记者：**“广州律助工作小组”是你创立的吗？

**邹盱旸：**是的。正式踏入律师行业之后我发现自己身边聚集了越来越多的律师助理，并且，在网上发表文章后有些其他所的律师助理也会与我沟通交流。我一路走来都是比较顺风顺水的，而我发现，许多刚接触律师行业的法科生渴望有一个交流的平台，他们或因专业能力不足而无法处理相关事务，或因缺乏有效指导和行业关怀而时常感到迷茫。因此，我想到了成立一个“广州律助工作小组”，并于今年11月正式邀请了一些感兴趣的律师助理加入，现在有50多名成员。

**记者：**你成立“广州律助工作小组”的目的是什么呢？

**邹盱旸：**成立这个小组的目的是希望找到志同道合的朋友，在正式执业之前和同行多交流，为有梦想的同仁提供交流平台，共同成长，共同实现梦想！

**记者：**能够具体一些吗？

**邹盱旸：**换句话说，就是为刚入行的“菜鸟”助理，或者是准备进入律师行业的门外汉提供一个平台，一起交流、学习、互助。通过这个小组，让一届又一届的律师助理，不断得到培养和提升，更好更快地做一名合格的执业律师。我们是站在关注行业后备力量的角度，推动律师行业的发展。

**记者：**你们小组的成员有哪些呢？

**邹盱旸：**成员来自广州的各大律师事务所，大家平日都是正职，忙各自的事务，因此一般会在周末举行相关活动。我们也欢迎广州和广州以外的律师助理加入到我们的小组之中，共同进步。

**记者：**你们小组将开展哪些活动呢？

**邹盱旸：**律师助理，很多时候都只能靠自己，缺乏系统的、专业的学习，我们小组会在一定程度上解决此问题。“广州律助工作小组”将会组织不可少的一系列活动，如组织专业研讨会、举行文化沙龙、邀请大律师开办讲座等，围绕提高律师助理专业知识、执业技巧而行动。上周我们还以“律师助理应如何制订工作计划”为主题，请来广州金鹏律师事务所的高级合伙人张亚美律师开了一堂培训课，参会的律师助理都表示受益匪浅。

**记者：**你们小组都是一些拥有法律知识的专业人才，想过回馈社会吗？

**邹旴旸：**一定会的。我希望把法律和公益结合起来，运用大家的法律专业知识和经验，免费为投身公益活动的“草根”（个人或团队）提供法律服务，帮助更多的人排忧解难。

**记者：**今天的采访非常成功，最后，你还有什么话想对律师助理们说吗？

**邹旴旸：**不管未来的路有多曲折，既然选择了，就要坚定地走下去，不断努力，让自己的人生绽放光芒。我也相信，若干年后，我们这群年轻的律师助理，定能成为行业翘楚，推动广州律师行业的发展。

**记者：**谢谢！

邹旴旸在法律咨询活动中为市民解答疑难

本次采访是某个周二的上午，正值我们所拍摄20周年纪录片及全体大合照，因此我有较多的事务要忙。事前我叫来了一位好朋友肖善君（化名），也是律师助理，让他一道接受采访。接下来的时间便交给了他。

正如我在我的新浪微博上所说：前几天接受《新快报》记者专访"走进'90后'律师助理"，谈到梦想、责任、团队、使命、行业前景、仰望星空和脚踏实地。今早起来看报纸，发现记者误会我的意思了，全文主基调缺乏我所谈的激情、动力、乐观、积极和阳光向上。亦能理解，在新闻卖点面前，梦想，只能是一文不值。

我想说的是，我所说的都是我认为真实的东西，虽然可能是我的一家之言，亦无甚依据，然而，我在接受采访时所说的和刊登出来之文，乐观和悲观，积极和消极，赞扬和抱怨，一目了然。

# 后记

## 我的未来不是梦

现在看来，我是一个非常幸运的人。

在司考过后即接触律师行业，进一步深入了解这个行业，确认了自己的职业选择；在毕业之后毫不犹豫地加入了广州金鹏律师事务所，并按照自己的路坚定不移地走下去；拿到法律职业资格证后顺利地申请了实习，可以说，作为一名“90 后”，自己这一路过得非常顺利。而我的很多前辈、师兄师姐，一路上都因种种原因而不能如此顺畅。因此，幸运在青春。

在广州金鹏律师事务所的工作，我拥有较高的薪酬、较多的锻炼机会、充分的自主和自由。而很多律师助理对我说，一个月拿着老板给的几千块钱，甚至可以说是可怜的薪水；天天做着老板安排的打杂活，极少有自己的时间。因此，幸运在选择。

成为一名社会人，摸爬滚打，在享受这个职业给我带来的荣誉和收入的同时，也承担着许多的责任和委屈。而一路走来许许多多长辈、亲友、同行和朋友的信任、支持与帮助，也是我勇于在职业中迈进的动力源泉。因此，幸运在信任。

我的未来不是梦，需要认真地过好每一分钟。

以往的十六年，都会在九月份背上书包走进校园。而 2012 年的九月，更加感受到自己的使命感和责任感。每天穿梭于这个繁华的都市，早已不是学生时代那三点一线式的生活，早已结束不正常、不规律的作

息，如今已习惯早睡早起，已习惯工作的繁忙，学会社会种种待人接物、运行规则。

没有艰辛，便无所获，是我九月份最深的体会，我想这就是成长，这是学校无法带给我的。以前总是认为学习轻松可以临时抱佛脚，现在知道了学习东西之必要及进修代价之昂贵；以前总是认为生活轻松毫无压力，现在感觉到肩上承载着厚重的希望和责任；以前总是认为工作轻松可以随时松懈，现在感受到为自己而战的人永远都要枕戈待旦。一个人的成长，必须在长期的社会实践中，伴随着自己的汗水和付出，从经验中学习，从阵痛中领悟，从失败中总结，然后才能逐步走向成功。

什么是成功，这是个没有定义的词，它有太多的内涵，每个人对成功的理解都不同。财富吗？钱是赚不完的，纵然有家财万贯，人所需的也不过是一张九尺长板搭成的床，身外之物，生不带来，死不带去，赚多少钱才算多呢？律师的生活应当是悠闲舒适的，只要知足常乐，这一点并不难达到。我认为，如果一个人能够发挥自己的作用，为社会创造价值，并获得这个社会的认可，那么他的存在便是有意义的、有价值的，那么他便是成功的。

年轻人亦需要追逐成功。“条条大道通罗马”，“罗马”就象征着成功，每年有成千上万的本科毕业生，都在同一起跑线上，都朝着“罗马”而奋斗。在奋斗途中，有的人徒步徐行，有的人小步慢走，有的人一路狂奔，有的人骑着摩托，有的人开着汽车，有的人坐飞机甚至坐火箭，最终是谁先到达“罗马”呢？这和爬山是同一个道理，人人都想到山顶享受“一览众山小”的感觉，但是有的人一辈子注定只能爬到山腰，有的人只能在山脚下碌碌无为，要爬山必须要有工具，我暂且称其为“梯子”。想要率先爬到山顶独览风光，必须借助梯子，换句话说，善于借助梯子的人比没有梯子的人会先到达山顶。

之所以写下这些，是因为希望前人走过的弯路后来者可以不用走。没有必要每个挫折都亲身经历，前人的经验是无比宝贵的。我还是学生的时候，非常喜欢看过来人写的东西，和师兄师姐交流，摸着石头过河